# Una Hija de Eva

## Por

## Honore de Balzac

A las once y media de la noche, y en uno de los palacios más hermosos de la calle Neuve-des-Mathurins, estaban sentadas dos mujeres delante de la chimenea de un boudoir tapizado con ese terciopelo azul de suaves reflejos tornasolados, que la industria francesa no ha sabido fabricar hasta estos últimos años. Un artista ha cubierto sus puertas y ventanas con mullidas cortinas de cachemira de un azul semejante al del tapizado. Una lámpara de plata, adornada con turquesas y suspendida por tres cadenas de un hermoso labrado, cuelga de un lindo rosetón colocado en el centro del techo. El estilo decorativo se extiende a los más pequeños detalles e incluso a ese mismo techo cubierto de seda azul con aplicaciones de cachemira blanca, cuyas largas bandas plisadas caen con simetría sobre el tapizado, al que están sujetas por lazos de perlas. Los pies encuentran el cálido tejido de una alfombra belga, gruesa como un césped y con un fondo gris de lino sembrado de ramilletes azules.

El mobiliario, tallado en madera maciza de palisandro, según los modelos más bellos de la época antigua, realza con sus tonos ricos la insipidez del conjunto, un tanto desvanecido, como diría un pintor. El respaldo de las sillas y de las butacas ofrece a la vista lindos estampados de una rica tela de seda blanca, recamada de flores azules y con un amplio marco de follaje delicadamente recortado en la madera.

A cada lado de la ventana, dos repisas muestran sus mil preciosas bagatelas, esas flores de las artes mecánicas que se han abierto bajo el fuego del pensamiento. Sobre la chimenea, de mármol turquí, las porcelanas más caprichosas de la vieja Sajonia, esos pastores que van a unas bodas eternas llevando delicados ramilletes en la mano, especie de figurillas chinescas alemanas, rodean un reloj de platina, nielado de arabescos. Por encima de todo esto, brillan los cortes acanalados de un espejo de Venecia con un marco de ébano lleno de figuras en relieve y procedente de alguna vieja residencia real. Dos jardineras mostraban a la sazón el lujo enfermizo de los invernaderos: unas pálidas y divinas flores, las perlas de la botánica.

En aquel boudoir frío, ordenado y limpio, como si estuviese en venta, no hubieseis podido encontrar ese travieso y caprichoso desorden en el que se revela la felicidad. Allí todo estaba entonces en armonía, ya que las dos mujeres lloraban. Todo parecía, pues, doliente.

El nombre del propietario, Fernando du Tillet, uno de los banqueros más ricos de París, justifica el lujo desenfrenado que adorna la casa y del cual este boudoir puede servir como muestra. Aunque sin familia y aunque advenedizo, ¡Dios sabe cómo!, Du Tillet se había casado en 1831 con la hija menor del conde de Granville, uno de los nombres más célebres de la magistratura francesa, llegado a par de Francia después de la revolución de Julio. Este matrimonio de ambición fue comprado por medio del reconocimiento en el contrato de una dote no recibida, tan considerable como la de la hermana mayor, casada con el conde Félix de Vandenesse. Por su parte, los Granville habían logrado en su tiempo esta alianza con los Vandenesse mediante la enormidad de la dote. De este modo, la Banca reparó la brecha que la nobleza había hecho a la magistratura. Si el conde de Vandenesse se hubiera podido imaginar, tres años antes, cuñado de un señor Fernando, llamado Du Tillet, no se habría casado quizá con la que era su mujer; pero ¿qué hombre era capaz, a fines de 1828, de prever las extrañas mudanzas que el 1830 iba a traer a la política, a las fortunas y a la moral de Francia? Habría pasado por loco quien le hubiera dicho al conde de Vandenesse que en aquella contradanza perdería su corona de par, que iría a encontrarse en la cabeza de su suegro.

Encogida en una de esas butaquitas llamadas chauffeuses, en la actitud de una mujer que escucha con atención, la señora Du Tillet oprimía contra su pecho con una ternura maternal y besaba de cuando en cuando la mano de su hermana, la señora Félix de Vandenesse. En sociedad se unía al apellido el nombre de pila, para distinguir a la condesa de su cuñada, la marquesa, mujer del ex embajador Carlos de Vandenesse, el cual se había casado con la rica viuda del conde de Kergarouët, una señorita de Fontaine. Recostada a medias en una confidente, con un pañuelo en la otra mano, la respiración entrecortada por sollozos reprimidos y los ojos llenos de lágrimas, la condesa acababa de hacer esas confidencias que sólo se hacen de hermana a hermana, si las dos se quieren; y aquéllas se querían con ternura. Vivimos en una época en la que dos hermanas que habían contraído unos matrimonios hasta tal punto extraños pueden tan fácilmente no quererse, que un historiador está obligado a consignar las causas de aquel cariño, conservado sin mancha ni deterioro en medio del desdén mutuo de sus maridos y de las desuniones sociales. Una rápida ojeada sobre su infancia explicará su situación respectiva.

Educadas en una casa sombría del Marais por una mujer devota y de una inteligencia estrecha que, consciente de sus deberes, según la frase clásica, había cumplido la primera obligación de una madre para con sus hijas, María Angélica y María Eugenia llegaron al momento de su boda, la primera a los veinte años y la segunda a los diecisiete, sin haber salido jamás de la zona doméstica sobre la que se cernía la mirada materna. Hasta entonces, no habían ido a ningún espectáculo, y sus teatros lo fueron las iglesias de París. En suma, su educación había sido tan rigurosa en casa de su madre como hubiera podido serlo en un claustro. Desde que llegaron a la edad de la razón, habían dormido siempre en una alcoba contigua a la de la condesa de Granville, y cuya puerta permanecía abierta durante la noche. El tiempo que les dejaban libre los deberes religiosos o los estudios indispensables a dos niñas de alcurnia, y los cuidados de su persona, pasábanlo en labores de aguja para los pobres y en paseos del género de ésos que se permiten los ingleses los domingos, diciendo:

«No vayamos tan de prisa, pues parecerá que nos estamos divirtiendo». Su instrucción no excedió los límites impuestos por unos confesores elegidos entre los eclesiásticos menos tolerantes y más jansenistas. Jamás fueron entregadas a unos maridos unas jóvenes más puras ni más vírgenes: su madre parecía haber visto en este punto, bastante esencial por otra parte, el remate de todos sus deberes con el cielo y con los hombres. Aquellas dos pobres criaturas, antes de su matrimonio, no habían ni leído novelas ni dibujado otra cosa que figuras cuya anatomía le hubiese parecido a Cuvier la obra maestra de lo imposible, y grabadas de un modo capaz de feminizar al propio Hércules Farnesio. Una solterona les enseñó a dibujar. Un respetable sacerdote les enseñó la gramática, la lengua francesa, la historia, la geografía y lo poco de aritmética que necesitan las mujeres. Sus lecturas, seleccionadas de los libros autorizados, como las Cartas edificantes y las Lecciones de Literatura de Noël, se hacían de noche, en voz alta, pero en compañía del director espiritual de su madre, pues podrían encontrarse pasajes que, sin prudentes comentarios, hubiesen despertado su imaginación. El Telémaco de Fenelón se juzgó peligroso. La condesa de Granville amaba lo bastante a sus hijas para querer hacer de ellas unos ángeles al modo de María Alacoque, pero ellas hubiesen preferido una madre menos virtuosa y más amable. Esta educación dio sus frutos. Impuesta como un yugo, y presentada bajo formas austeras, la religión fatigó con sus prácticas aquellos corazones inocentes, tratados como si hubiesen sido criminales; reprimió sus sentimientos, y, a pesar de echar en ellos profundas raíces, no fue amada. Las dos Marías habían de hacerse imbéciles o anhelar su independencia: desearon casarse en cuanto pudieron entrever el mundo y comparar algunas ideas; pero ignoraban sus propias gracias encantadoras y su valor. Ignorando su candor, ¿cómo podían conocer la vida? Encontrábanse sin armas contra la desgracia y sin experiencia para poder apreciar la felicidad. En el fondo de aquella cárcel materna, sólo de ellas mismas sacaban consuelo. Sus dulces confidencias, por la noche, en voz baja, o las escasas frases cambiadas cuando su madre las dejaba por unos instantes, contuvieron a veces más ideas de las que las palabras podían expresar. Con frecuencia, una mirada hurtada a todos los ojos y por la que se comunicaban sus emociones, fue como un poema de amarga melancolía. La contemplación del cielo sin nubes, el perfume de las flores, una vuelta al jardín cogidas del brazo, les ofrecían placeres inauditos. La terminación de una labor de bordado les causaba un inocente júbilo. La sociedad de que su madre se rodeaba, lejos de ofrecer algunos recursos a su corazón o de estimular su mente, sólo podía ensombrecer sus ideas y contristar sus sentimientos, ya que se componía de viejas rígidas, secas y sin gracia, cuya conversación versaba sobre las diferencias que distinguían a los predicadores o directores de conciencia, sobre sus pequeños achaques y sobre los acontecimientos religiosos más imperceptibles aun para el Quotidiennne o para L'Ami de la Religión. En cuanto a los hombres, sus rostros eran tan fríos y tristemente resignados que hubiesen podido apagar las antorchas del amor; todos habían llegado a esa edad en la que el hombre es triste o malhumorado, y en la que la sensibilidad no se ejerce más que en la mesa y no se refiere sino a las cosas que conciernen al bienestar. El egoísmo religioso había secado aquellos corazones consagrados al deber y atrincherados tras de la práctica externa. Silenciosas sesiones de juego les ocupaban casi toda la velada. Las dos chiquillas, que se encontraban como desterradas de aquel sanedrín mantenido por la severidad materna, odiaban a aquellos personajes desoladores de ojos hundidos y rostros ceñudos.

Sobre las tinieblas de aquella vida se dibujó vigorosamente una sola figura de hombre, la de un profesor de música. Los confesores habían decidido que la música era un arte cristiano, nacido en la Iglesia católica y desarrollado por ella. Permitióse, pues, a las dos jovencitas que aprendiesen música. Una señorita con gafas, que enseñaba solfeo y piano en un convento vecino, las abrumó a ejercicios. Pero cuando la mayor de sus hijas cumplió diez años, el conde Granville demostró la necesidad de tomar un profesor. La señora de Granville prestó todo el valor de una obediencia conyugal a aquella concesión necesaria, pues entra en el sistema de las beatas el convertir en mérito el cumplimiento de los deberes. El profesor fue un alemán católico, uno de esos hombres que han nacido viejos y que tendrán siempre cincuenta años, incluso a los ochenta. Su rostro chupado, arrugado y moreno, conservaba algo de infantil y de ingenuo en sus negruras. Animaba sus ojos el azul de la inocencia, y la alegre sonrisa de la primavera anidaba en sus labios. Sus viejos cabellos grises, arreglados de un modo natural como los de Jesucristo, añadían a su aire extático algo de solemne que disfrazaba su carácter: era capaz de cometer una tontería con la gravedad más ejemplar. Sus ropas eran una envoltura necesaria a la que no prestaba atención alguna, pues sus ojos se dirigían demasiado alto, a las nubes, para poderse fijar en las cosas materiales. Por ello, este gran artista ignorado pertenecía a la clase amable de los olvidadizos, que entregan su tiempo y su alma a los demás, igual que se dejan los guantes en todas las mesas y el paraguas detrás de todas las puertas. Sus manos eran de esas que están sucias después de lavarlas. Finalmente, su viejo cuerpo, mal sustentado por sus viejas piernas sarmentosas y que demostraba hasta qué punto puede convertirlo el hombre en accesorio de su alma, pertenecía al género de esas extrañas creaciones que sólo han sido descritas por un alemán, Hoffmann, el poeta de lo que carece aparentemente de existencia y que sin embargo tiene vida. Tal era Schmuke, antiguo maestro de capilla del margrave de Anspach, sabio que fue interrogado por un consejo de devoción, el cual le preguntó si ayunaba. Diéronle al profesor ganas de contestar: «¡Contempladme!». Pero ¿cómo bromear con unas beatas y unos directores espirituales jansenistas? Aquel anciano apócrifo ocupó un lugar tan importante en la vida de las dos Marías, y profesaron ellas tanta amistad a aquel cándido y gran artista que se contentaba con comprender el arte, que, después de su matrimonio, cada una de ellas le señaló trescientos francos de renta vitalicia, cantidad suficiente para que se pagara su alojamiento, su cerveza, su pipa y su ropa. Seiscientos francos de renta y sus lecciones proporcionáronle un edén. Schmuke no había tenido el valor de confesar su miseria y sus anhelos más que a aquellas dos adorables jóvenes, a aquellos corazones que habían florecido bajo la nieve de los rigores maternales y bajo el hielo de la devoción. Este hecho explica por completo a Schmuke, así como la infancia de las dos Marías. Nadie pudo saber, más tarde, qué abate o qué vieja beata habían descubierto a aquel alemán perdido en París. En cuanto las madres de familia se enteraron de que la condesa de Granville había encontrado para sus hijas un profesor de música, todas preguntaron su nombre y su dirección. Schmuke tuvo treinta lecciones en el Marais. Su éxito tardío se manifestó por unos zapatos con hebillas de acero bronceado, con plantillas de crin, y por una más frecuente renovación de su ropa blanca. Su jovialidad de hombre ingenuo, largo tiempo reprimida por una noble y decente miseria, reapareció. Se permitió frases ingeniosas como: «Señoritas, los gatos han comido barro en París esta noche», cuando la helada había secado, durante la noche, las calles, llenas de lodo la víspera; pero pronunciándolas en un dialecto germánico-gálico: Señoridas, los gados han gomito parro en Barís esda notche. Satisfecho de poder proporcionar a aquellos dos ángeles esa especie de vergiss mein nicht escogida de entre las flores de su ingenio, adoptaba al ofrecerla un aire sutil e ingenioso que desarmaba toda ironía. Se consideraba tan feliz por hacer brotar la risa en los labios de sus dos alumnas, cuya vida desgraciada había llegado a penetrar, que se hubiese vuelto ridículo a propósito, si no lo hubiera sido ya por naturaleza; pero su corazón habría renovado las vulgaridades más populares, siendo capaz, según una bella expresión del difunto Saint-Martin, de dorar el lodo con su sonrisa celestial. De acuerdo con una de las ideas más nobles de la educación religiosa, las dos Marías acompañaban a su profesor respetuosamente hasta la puerta de sus habitaciones. Una vez allí, las dos pobres muchachas le decían algunas frases agradables, dichosas de hacer dichoso a aquel hombre: ¡sólo podían mostrarse mujeres con él! Por todo esto, y hasta su matrimonio, la música se convirtió para ellas en otra vida dentro de la vida, igual que, según se dice, el campesino ruso convierte en realidad sus sueños, tomando su vida por una pesadilla. En su deseo de evadirse de las pequeñeces que amenazaban invadirlas, y de defenderse contra las devoradoras ideas ascéticas, se arrojaron a las dificultades del arte musical como si quisiesen destrozarse contra ellas. La Melodía, la Harmonía y la Composición, esas tres hijas del cielo cuyo coro fue dirigido por el viejo fauno católico ebrio de música, les recompensaron de sus trabajos y les hicieron un baluarte con sus danzas etéreas. Mozart, Beethoven,

Haydn, Paësiello, Cimarosa, Hummel y los genios secundarios desarrollaron en ellas mil sentimientos que no traspasaron el casto recinto de sus corazones cubiertos con un velo, pero que penetraron en la Creación, donde tendieron su vuelo a plenas alas. Siempre que ejecutaban algunos pasajes llegando a la perfección, se estrechaban las manos y se besaban dominadas por un vivo éxtasis. Su viejo profesor las llamaba sus Santas Cecilias.

Las dos Marías no fueron a bailes hasta la edad de dieciséis años, y, cuatro veces tan sólo por año, a algunas casas escogidas. No se separaban del lado de su madre sino provistas de instrucciones acerca de la conducta que debían seguir con sus bailarines, tan severas, que no podían contestar más que sí o no a sus parejas. Los ojos de la condesa no abandonaban a sus hijas y parecía adivinar las palabras sólo por el movimiento de los labios. Las pobrecillas llevaban vestidos de baile irreprochables, trajes de muselina que subían hasta la barbilla, con una infinidad de vueltas encañonadas, sobremanera tupidas, y mangas largas. Al llevar sus gracias comprimidas y sus encantos velados, aquel atavío les daba una vaga semejanza con las momias egipcias, pese a que de aquellos dos montones de algodón surgían dos caritas deliciosas en su melancolía. Dábales rabia sentirse el objeto de una compasión dulce. ¿Qué mujer, por cándida que sea, no quiere causar envidia? Pese a todo, ningún pensamiento peligroso, malsano o tan sólo equívoco, manchó la blanca pulpa de su cerebro: sus corazones eran puros, sus manos, horriblemente rojas, y ambas muchachas rezumaban salud por todos los poros. No salió Eva más inocente de las manos de Dios que aquellas dos jóvenes de la férula materna para ir a la alcaldía y a la iglesia, con la simple aunque espantosa recomendación de obedecer en todo a unos hombres a cuyo lado debían dormir o velar durante la noche. En su sentir, no podrían encontrar males mayores en la casa extraña a donde iban a ser deportadas que en el convento materno.

¿Por qué el padre de estas dos jóvenes, el conde de Granville, el grande, sabio e íntegro magistrado, aunque arrastrado a veces por la política, no protegía a las dos pequeñas criaturas contra tan abrumador despotismo? ¡Ay! Por una memorable transacción, convenida tras de seis años de matrimonio, los esposos vivían separados en su propia casa. El padre se había reservado la educación de sus hijos, dejándole a su mujer la educación de las hijas. Vio muchos menos peligros para unas mujeres que para unos hombres en la aplicación de aquel sistema opresor. Las dos Marías, destinadas a sufrir cualquier tiranía, la del amor o la del matrimonio, perdían en ello menos que unos muchachos cuya inteligencia debía permanecer libre y cuyas cualidades habrían sufrido mengua bajo la compresión violenta de las ideas religiosas llevadas a todas sus consecuencias. De cuatro víctimas, el conde había salvado a dos. La condesa consideraba a sus dos hijos, de los cuales preparábase el uno para la magistratura residencial y el otro para la pedánea, demasiado mal educados para que pudiera permitírseles la menor intimidad con sus hermanas. La comunicación entre aquellos pobres niños estaba severamente vigilada. Por otra parte, cuando el conde hacia salir a sus hijos del colegio, guardábase muy bien de tenerlos en la casa. Los dos muchachos iban a ella para almorzar con su madre y sus hermanas, luego, el magistrado les entretenía con algún paseo o diversión en la calle: el restaurante, los teatros, los museos, el campo en la época del buen tiempo, constituían sus placeres. Excepto los días solemnes en la vida de familia, como el santo de la condesa o el del padre, los primeros días del año y los de distribución de premios, en los que los dos muchachos se quedaban en la casa paterna y dormían en ella, muy cohibidos, y sin atreverse a besar a sus hermanas, vigiladas por la condesa, que no los dejaba un instante juntos, las dos pobres muchachas vieron con tan poca frecuencia a sus hermanos, que no pudo establecerse relación alguna entre ellos. En esos días las preguntas: «¿Dónde está Angélica?». «¿Qué hace Eugenia?» «¿Dónde están mis hijas?», se escuchaban a cada paso. Cuando se trataba de sus dos hijos, la condesa levantaba al cielo sus ojos fríos y macerados, como para pedir perdón a Dios por no haberlos arrancado a la impiedad. Sus exclamaciones y sus reticencias respecto a ellos equivalían a los versículos más plañideros de Jeremías, y engañaban a las dos hermanas, que creían a sus hermanos pervertidos y perdidos para siempre. Cuando sus hijos llegaron a la edad de dieciocho años, el conde les dio dos habitaciones en su departamento y les hizo estudiar Derecho, colocándoles bajo la vigilancia de un abogado, su secretario, encargado de iniciarlos en los secretos de su porvenir. Las dos Marías no conocieron, por tanto, la fraternidad sino de un modo abstracto. Por los días de las bodas de sus hermanas, siendo el uno abogado general de un tribunal lejano y estando el otro en los comienzos de su carrera en provincias, se vieron retenidos en ambas ocasiones por graves procesos. Hay muchas familias en las que transcurre de este modo la vida interior, que podría imaginarse íntima, unida y coherente: los hermanos se encuentran lejos, ocupados por los cuidados de su fortuna, por su carrera o por el servicio del país; y las hermanas están envueltas en un torbellino de intereses de familias extrañas a la suya. Todos los miembros viven entonces en la desunión, en el olvido los unos de los otros, unidos tan sólo por los frágiles lazos del recuerdo hasta el momento en que el orgullo los llama y en que el interés los reúne, para separarlos al fin, no pocas veces, de corazón, como lo han estado de hecho. Una familia que viva unida en cuerpo y alma es una rara excepción. La ley moderna, al multiplicar la familia por la familia, ha creado el más horrible de todos los males: el individualismo.

En medio de la profunda soledad en que transcurrió su juventud, Angélica y Eugenia vieron muy raras veces a su padre, el cual llevaba, por otra parte, al gran departamento habitado por su mujer en la planta baja de su palacio, un rostro entristecido. Conservaba en la casa la fisonomía grave y solemne del magistrado en el tribunal. Cuando las dos muchachitas pasaron de la edad de los juguetes y de las muñecas, y cuando comenzaron a usar la razón, hacia los doce años, época en que habían dejado de reírse del viejo Schmuke, sorprendieron el secreto de las preocupaciones que surcaban de arrugas la frente del conde y reconocieron bajo su rictus severo los vestigios de un buen natural y de un carácter encantador. Comprendieron que había cedido en su hogar el sitio a la religión, defraudado en sus esperanzas de marido, así como había sido herido en las fibras más delicadas de la paternidad: el amor de los padres hacia sus hijas. Dolores semejantes conmueven singularmente a unas jóvenes privadas de ternura. A veces, dando la vuelta al jardín entre las dos, con cada uno de sus brazos ciñendo cada una de las dos breves cinturas, y acomodando su paso al suyo infantil, el padre las detenía tras un macizo y las besaba en la frente. Sus ojos, su boca y su fisonomía expresaban entonces la compasión más profunda.

—No sois muy dichosas, hijitas queridas —les decía—; pero os casaré pronto y estaré contento cuando os vea salir de esta casa.

—Papá —decía Eugenia—, estamos decididas a tomar por marido al primero que llegue.

—¡He aquí el fruto amargo de semejante sistema! —exclamaba—. Quieren hacer santas y salen...

No terminaba la frase. A menudo sus dos hijas percibían un vivo cariño en los adioses de su padre, o en sus miradas, cuando por casualidad cenaba en la casa. Compadecían a aquel padre al que veían tan raras veces, y siempre se ama a quien se compadece.

Tan severa y religiosa educación fue la causa de los matrimonios de las dos hermanas, a las que la desgracia había soldado, como Rita y Cristina lo estaban por la naturaleza. Muchos hombres, que se sienten impulsados hacia el matrimonio, prefieren una joven sacada del convento y saturada de devoción a otra educada en las doctrinas mundanas. No hay término medio: un hombre, o se casa con una muchacha muy enterada, que ha leído los anuncios de los periódicos y los ha comentado, que ha valsado y bailado el galop con mil jóvenes, que ha ido a todos los espectáculos, que ha devorado novelas, a la que un profesor de baile le ha roto las rodillas apoyándolas contra las suyas, que no se preocupa en absoluto por la religión y que se ha hecho su moral propia; o con una jovencita ignorante y pura, como lo eran María Angélica y María Eugenia. Acaso existe el mismo peligro con las unas que con las otras. Sin embargo, la inmensa mayoría de los jóvenes que no han llegado a la edad de Arnulfo prefieren una Inés religiosa a una Celimena en cierne.

Las dos Marías, bajitas y delgadas, tenían la misma cintura, los mismos pies y las mismas manos. Eugenia, la más joven, era rubia como su madre.

Angélica era morena como el padre. Pero las dos tenían el mismo color de tez: una piel de ese blanco nacarado que denuncia la riqueza y la pureza de la sangre, jaspeado por unos colores que se destacan vivamente sobre un tejido nutrido como el del jazmín, y, como él, fino, liso y suave al tacto. Los ojos azules de Eugenia y los ojos negros de Angélica tenían una expresión de inocente indiferencia y de asombro no premeditado, bien patente en la manera vaga como flotaban sus pupilas en el blanco fluido del ojo. Tenían cuerpos armoniosos: sus hombros, algo flacos, debían modelarse más tarde. Sus gargantas, tanto tiempo cubiertas, asombraron las miradas por sus perfecciones cuando sus maridos les rogaron que se escotaran para ir al baile: una y otra gozaron entonces de esa vergüenza encantadora que hizo de antemano enrojecer a puerta cerrada y durante una velada entera a aquellas dos ignorantes criaturas. En el momento en que comienza esta escena, en la que la mayor lloraba y se dejaba consolar por su hermana, sus manos y sus brazos tenían una blancura de leche. Las dos habían criado, una a un niño y la otra a una niña. Eugenia le había parecido muy traviesa a su madre, que había redoblado con ella su vigilancia y su severidad. A los ojos de aquella madre temida, Angélica, noble y altiva, parecía tener un alma llena de exaltación que se guardaría por sí sola, mientras que la inquieta Eugenia necesitaba que la contuviesen. Existen criaturas encantadoras, ignoradas por la suerte, a las que todo debería salirles bien en la vida, pero que viven y mueren desgraciadas, atormentadas por un genio malo y víctimas de circunstancias imprevistas. De este modo, la inocente, la alegre Eugenia había caído, al salir de la prisión materna, bajo el malicioso despotismo de un advenedizo. Angélica, predestinada a las grandes luchas del sentimiento, había sido lanzada a las más altas esferas de la sociedad parisiense, a rienda suelta.

La señora de Vandenesse, que sucumbía evidentemente bajo el peso de penas demasiado abrumadoras para su alma, inocente aún después de seis años de matrimonio, estaba reclinada con las piernas medio dobladas, el cuerpo replegado y la cabeza como perdida sobre el respaldo de la confidente. Como hubiese acudido a casa de su hermana, tras una rápida aparición en los Italianos, conservaba aún en sus cabellos algunas flores; pero otras yacían esparcidas por la alfombra, con sus guantes, su abrigo de seda forrado de pieles, su manguito y su capucha. Unas lágrimas brillantes, mezcladas con sus perlas sobre su blanco pecho, y sus ojos húmedos, anunciaban extrañas confidencias. ¿No era aquello horrible, en medio de tal lujo? Napoleón lo ha dicho: «Nada se roba aquí abajo, todo se paga». La condesa no se sentía con valor para hablar.

—¡Pobre querida mía —dijo la señora Du Tillet—, qué idea tan falsa debes de tener de mi matrimonio para haber pensado en pedirme ayuda!

Al escuchar esta frase, arrancada del fondo del corazón de su hermana por la violencia de la tempestad que en él había vertido, del mismo modo que el deshielo desplaza las piedras más profundamente enterradas en el lecho de los torrentes, la condesa miró con un aire estúpido a la mujer del banquero. La llama del terror secó sus lágrimas y sus ojos se quedaron fijos.

—¿Te encuentras tú también en un abismo, ángel mío? —le dijo en voz baja.

—Mis males no cambiarán tus dolores.

—Dímelos, niña mía. ¡No soy todavía lo bastante egoísta para no escucharte! ¿Quieres decir que sufrimos aún, juntas como en nuestra juventud?

—Ahora sufrimos separadas —respondió melancólicamente la mujer del banquero—. Vivimos en dos sociedades enemigas. Yo voy a las Tullerías cuando tú ya no vas. Nuestros maridos pertenecen a dos partidos contrarios. Yo soy la mujer de un banquero ambicioso, de un hombre malo, ¡tesoro mío!, y tú eres la mujer de un ser bueno, noble, generoso…

—¡Oh! No me hagas reproches —dijo la condesa—. Para que una mujer pudiese dirigírmelos tendría que haber sufrido las desazones de una vida empañada y descolorida, y haber salido de ella para entrar en el paraíso del amor; tendría que conocer la dicha que se experimenta al sentir la propia vida por entero en la de otro, al compartir las emociones infinitas de un alma de poeta, al vivir una vida doble: ir y venir con él en sus paseos a través de los espacios, por el mundo de la ambición; sufrir con sus pesares, montar sobre las alas de sus inmensos goces, abarcar un vasto escenario, y todo esto mientras se permanece tranquila, fría y serena delante de un mundo observador. Sí, querida mía, hay que sostener con frecuencia todo un océano en el corazón sin dejar de encontrarse, como lo estamos aquí, ante el fuego, en el hogar, sentada en una butaca. ¡Qué dicha, sin embargo, la de tener a cada instante un interés enorme que multiplica las fibras del corazón y las distiende, la de que nada nos deje fríos, la de tener la vida cifrada en un paseo en el que se ha de ver entre la muchedumbre un ojo chispeante que hace palidecer el sol, la de que un retraso nos conmueva, la de sentir el deseo de matar a un importuno que nos roba uno de esos raros momentos en las que la dicha palpita en las venillas más diminutas! ¡Qué embriaguez la de vivir al fin! ¡Ah, querida mía, vivir, cuando tantas mujeres imploran de rodillas unas emociones que huyen de ellas! Piensa, niña mía, que para esos poemas no existe más que una época: la juventud. Dentro de algunos años vendrá el invierno, el frío. ¡Ah! Si poseyeses esas riquezas vivas del corazón y te vieses amenazada de perderlas…

La señora Du Tillet, asustada, se había cubierto el rostro con sus manos al escuchar esta horrible antífona.

—No se me había ocurrido hacerte el menor reproche, querida mía —dijo al fin, viendo el rostro de su hermana bañado en llanto—. En un momento acabas de arrojar en mi alma más brasas de las que habían apagado mis lágrimas. Sí, la vida que llevo legitimaría en mi corazón un amor como el que acabas de describirme. Déjame creer que si nos hubiésemos visto más a menudo no nos encontraríamos en el punto en que estamos. Si hubieses conocido mis dolores habrías apreciado tu felicidad, animándome, quizá, a la resistencia, y yo sería feliz. Tu desgracia es un accidente al que un azar pondrá fin, mientras que mi infortunio es perpetuo. Para mi marido soy el maniquí de su lujo, la muestra de sus ambiciones y una de sus satisfacciones vanidosas. No siente por mí ni afecto sincero ni confianza. Fernando es seco y frío como ese mármol —dijo golpeando la repisa de la chimenea—. Desconfía de mí. Todo lo que yo habría de pedir para mí me es negado de antemano, pero en cuanto a lo que le halaga y sirve de ostentación a su fortuna, no tengo ni siquiera que desearlo. Hace decorar mis habitaciones y gasta sumas exorbitantes en mi mesa; mi servidumbre, mis palcos en el teatro, todo lo que es externo, es del gusto más acabado. Su vanidad no escatima nada; les pondría encajes a los pañales de sus hijos, pero no oiría sus gritos ni adivinaría sus necesidades. ¿Me comprendes? Voy cubierta de diamantes a la corte; cuando salgo a la calle llevo las más ricas bagatelas, pero no dispongo de un ochavo. La señora Du Tillet, que acaso suscita envidias, que parece nadar en oro, no tiene cien francos suyos. Si el padre no se preocupa por sus hijos, se preocupa mucho menos por su madre. ¡Ah! Bien ásperamente me ha hecho sentir que me ha pagado, y que mi fortuna personal, de la que no dispongo, le ha sido arrancada. Si sólo se tratase de convertirme en su amante, acaso le sedujese; pero choco con una influencia extraña, la de una mujer de más de cincuenta años, con pretensiones y que le domina: la viuda de un notario. Tengo el convencimiento de que no seré libre hasta su muerte. Aquí mi vida se encuentra regulada como la de una reina: se me llama para el almuerzo y para la cena como en tu castillo. Salgo infaliblemente a una hora determinada para ir al Bosque. Voy siempre acompañada por dos criados de gran librea y debo volver a la misma hora. En vez de dar órdenes, las recibo. En el baile, en el teatro, un lacayo viene a decirme: «El coche de la señora está ya en la puerta», y tengo que marcharme, con frecuencia en medio de un momento agradable. Fernando se enfadaría si no obedeciese a la etiqueta creada para su mujer, y le temo. En medio de esta opulencia maldita tengo añoranzas y me parece nuestra madre una buena madre: nos dejaba las noches y yo podía hablar contigo. En suma, vivía al lado de una criatura que me quería y sufría conmigo; mientras que aquí, en esta casa suntuosa, me encuentro en medio de un desierto.

Al oír tan terrible confesión, la condesa se apoderó a su vez de la mano de su hermana y se la besó llorando.

—¿Cómo puedo ayudarte? —dijo Eugenia en voz baja a Angélica—. Si nos sorprendiese, empezaría a desconfiar y querría saber lo que me has estado diciendo desde hace una hora; habría que mentirle, cosa difícil con un hombre perspicaz y traidor, y me tendería lazos. Pero dejemos mis desdichas y pensemos en ti. Tus cuarenta mil francos, querida, no serían nada para Fernando, que maneja millones con otro gran banquero, el barón de Nucingen. A veces asisto a cenas en las que dicen cosas capaces de estremecerme. Du Tillet conoce mi discreción y se habla delante de mí sin reserva: están seguros de mi silencio. Pues bien, los asesinatos en plena carretera me parecen actos de caridad comparados con ciertas combinaciones financieras. A Nucingen y a él se les da tanto de arruinar a las gentes, como a mí de sus liberalidades. Con frecuencia recibo a pobres engañados cuyo despojo he escuchado planear la víspera y que se lanzan a unos negocios en los que van a dejarse su fortuna; entonces siento deseos, como Leonardo en la caverna de los bandidos, de decirles: «¡Tened cuidado!». Pero ¿qué sería de mí? Y me callo. Este palacio suntuoso es una ladronera. Y Du Tillet y Nucingen tiran por puñados los billetes de mil francos para satisfacer sus caprichos. Fernando va a comprar en el Tillet el emplazamiento del antiguo castillo para reconstruirlo. Quiere unirle un bosque y tierras magníficas. Pretende que su hijo será conde y que a la tercera generación será noble. Nucingen, cansado de su hotel de la calle Saint-Lazare, construye un palacio. Su mujer es una de mis amigas… ¡Ah! —exclamó—. Ella puede sernos útil, pues es atrevida con su marido y goza de la disposición de su fortuna; ella te salvará.

—Gatita mía, no dispongo más que de algunas horas; vamos esta misma noche, ahora mismo —dijo la señora de Vandenesse arrojándose en los brazos de la señora Du Tillet deshecha en lágrimas.

—¿Puedo, acaso, salir a las once de la noche?

—Tengo abajo mi coche.

—¿Qué estáis tramando ahí? —dijo Du Tillet empujando la puerta del boudoir.

Mostraba ante las dos hermanas un rostro anodino, iluminado por un aire falsamente amable. Las alfombras habían ahogado el ruido de sus pasos, y la preocupación de las dos mujeres les había impedido oír el que hizo el coche de Du Tillet al entrar. La condesa, en la que el hábito de tratar gente y la libertad que le dejaba Félix habían desarrollado el ingenio y la astucia, reprimidos en su hermana por el despotismo marital, continuación del materno, percibió en Eugenia un terror que estaba a punto de traicionarla, y la salvó con una respuesta franca.

—Yo creía a mi hermana más rica de lo que en realidad es —respondió la condesa mirando a su cuñado—. Las mujeres se encuentran a veces en apuros que no quieren confiar a sus maridos, como Josefina a Napoleón, y yo venía a pedirle un favor.

—Y puede hacéroslo fácilmente, hermana mía. Eugenia es muy rica —respondió Du Tillet con acento agridulce.

—No lo es sino por vos, hermano —replicó la condesa sonriendo con amargura.

—¿Qué necesitáis? —dijo Du Tillet, a quien no le disgustaba envolver a su cuñada.

—Tonto, ¿no os he dicho que no queremos comprometernos ante nuestros maridos? —respondió prudentemente la señora de Vandenesse comprendiendo que se entregaba a merced del hombre cuyo retrato acababa afortunadamente de serle trazado por su hermana—. Vendré mañana a buscar a Eugenia.

—¿Mañana? —respondió fríamente el banquero—. No. La señora Du Tillet cena en casa de un futuro par de Francia, el barón de Nucingen, que me deja su puesto en la Cámara de Diputados.

—¿No le permitís que acepte mi palco en la Ópera? —dijo la condesa sin cambiar ni una sola mirada con su hermana, pues tal era su temor de verla dejar traslucir su secreto.

—Ella tiene el suyo hermana —dijo Du Tillet molesto.

—Pues bien, iré a verla a él —replicó la condesa.

—Será la primera vez que me hacéis ese honor —dijo Du Tillet.

La condesa percibió el reproche, se echó a reír, y dijo:

—Tranquilizaos, no se os hará pagar nada por esta vez. Adiós, querida mía.

—¡Qué impertinente! —exclamó Du Tillet recogiendo las flores que habían caído del peinado de la condesa—. Deberíais estudiar a la señora de Vandenesse —le dijo a su mujer—. Querría veros en sociedad tan impertinente como vuestra hermana acaba de estarlo aquí. Tenéis un aire burgués y bobalicón que me entristece.

Eugenia levantó los ojos al cielo por toda respuesta.

—Bueno, señora, ¿qué es lo que habéis hecho las dos aquí? —dijo el banquero tras una pausa y señalando las flores—. ¿Qué ocurre para que vuestra hermana acuda mañana a vuestro palco?

La pobre ilota se disculpó con un deseo de dormir y salió para hacerse desnudar, temiendo un interrogatorio. Du Tillet cogió entonces a su mujer por un brazo, la llevó ante él bajo la luz de las bujías que ardían en unos brazos de plata sobredorada, entre dos deliciosos ramilletes de flores, y hundió su clara mirada en los ojos de su mujer.

—Vuestra hermana ha venido para pedir prestados cuarenta mil francos que debe un hombre por quien se interesa y a quien dentro de tres días van a encerrar como a algo precioso en la calle de Clichy —dijo fríamente.

La pobre mujer se sintió dominada por un temblor nervioso que pudo reprimir.

—Me habéis asustado —dijo—. Mi hermana está demasiado bien educada y quiere bastante a su marido para interesarse hasta tal punto por un hombre.

—Al contrario —respondió él secamente—. Las muchachas educadas, como vosotras lo habéis sido, en el temor y en las prácticas religiosas, tienen sed de libertad, desean la dicha, y la dicha que alcanzan no es jamás tan grande ni tan hermosa como la que han soñado. Muchachas semejantes son luego malas esposas.

—Hablad por mí —dijo la pobre Eugenia con un tono de amarga ironía—, pero respetad a mi hermana. La condesa de Vandenesse es demasiado feliz y su marido la deja lo suficientemente libre para que no le sea fiel. Por otra parte, si vuestra suposición fuese cierta, ella no me lo habría dicho.

—Eso es —dijo Du Tillet—. Os prohíbo hacer nada en este asunto. Entra en mi interés que ese hombre vaya a la cárcel. Tenedlo por dicho.

La señora Du Tillet salió.

—Ha de desobedecerme sin duda, y, vigilándolas, podré saber cuanto hagan —se dijo Du Tillet una vez solo en el boudoir—. Estas pobres tontas quieren luchar con nosotros.

Se encogió de hombros y marchó a reunirse con su mujer, o, para decir verdad, su esclava.

La confidencia hecha a la señora Du Tillet por la señora Félix de Vandenesse se encontraba relacionada con tantos puntos de su historia en los últimos seis años, que sería ininteligible, sin el relato sucinto de los principales sucesos de su vida.

Entre los hombres notables que debieron su fortuna a la Restauración y que, desgraciadamente para ella, colocó, con Martignac, fuera de los secretos del Gobierno, se contaba Félix de Vandenesse, deportado como muchos otros a la Cámara de los Pares en los últimos días de Carlos X. Esta desgracia, aunque a su parecer momentánea, le hizo pensar en el matrimonio, hacia el cual fue conducido, como muchos hombres lo son, por una especie de repugnancia por las aventuras galantes, flores locas de la juventud. Existe un momento supremo en que la vida social aparece en su gravedad. Félix de Vandenesse había sido sucesivamente feliz y desgraciado, más frecuentemente desgraciado que feliz, como los hombres que desde sus primeros pasos en sociedad han encontrado el amor bajo su forma más bella. Estos privilegiados se hacen hombres exigentes. Más tarde, tras de haber experimentado la vida y comparado los caracteres, llegan a contentarse con un pasar, y se refugian en una indulgencia absoluta. No se les engaña, puesto que ya no se desengañan, pero saben poner gracia en su resignación; esperándolo todo, sufren menos. Sin embargo, Félix podía pasar aún por uno de los más bellos y agradables hombres de París. Había sido sobre todo recomendado a las mujeres por una de las criaturas más nobles de este siglo, muerta, se decía, de dolor y de amor por él; pero había sido formado especialmente por la bella lady Dudley. A los ojos de muchas parisienses, Félix, especie de héroe de novela, debíale muchas conquistas a todo lo malo que decían de él. La señora de Manerville había cerrado la carrera de sus aventuras. Sin ser un don Juan, traía del mundo amoroso el mismo desencanto que traía del mundo político. Aquel ideal de la mujer y de la pasión, cuyo tipo, para su desgracia, había iluminado y dominado su juventud, desesperaba de poder volverlo a encontrar jamás.

Hacia los treinta años, el conde Félix resolvió acabar con las desazones de sus fortunas por medio de un matrimonio. En este punto, su decisión estaba tomada: quería una joven educada en los principios más severos del catolicismo. Bastóle con saber lo sujetas que tenía a sus hijas la condesa de Granville para tratar de obtener la mano de la mayor. Él también había sufrido el despotismo de una madre; recordaba todavía lo bastante su cruel juventud para reconocer, a través de los disimulos del pudor femenino, en qué estado había dejado el yugo el corazón de una joven; si ese corazón estaba agriado, apesadumbrado o insubordinado, o si había permanecido apacible, amable y dispuesto a abrirse a los bellos sentimientos. La tiranía produce dos efectos contrarios cuyos símbolos existen en dos grandes figuras de la esclavitud antigua: Epicteto y Espartaco: el odio y sus malos sentimientos, y la resignación con sus cristianas ternuras. El conde de Vandenesse hubo de reconocerse en María Angélica de Granville. Al tomar por mujer a una muchacha ingenua, inocente y pura, había resuelto de antemano, como joven viejo que era, mezclar el sentimiento paternal al sentimiento conyugal. Sentía su corazón secado ya por el mundo y por la política, y sabía que, a cambio de una vida adolescente, él iba a entregar los restos de una vida gastada. Junto a las flores primaverales, pondría los hielos del invierno, y la canosa experiencia al lado de la imprudencia rozagante y descuidada. Después de haber juzgado de este modo sensatamente su situación, se acantonó con amplias provisiones en sus cuarteles conyugales. La indulgencia y la confianza fueron las dos anclas a que se amarró. Las madres de familia deberían buscar hombres semejantes para sus hijas: el talento es protector como la divinidad, el desencanto es perspicaz como un cirujano, y la experiencia es previsora como una madre. Estos tres sentimientos son las virtudes teologales del matrimonio.

Los galanteos y las delicias que sus hábitos de hombre afortunado en amores y de hombre elegante le habían hecho aprender a Félix de Vandenesse, las enseñanzas de la alta política, las observaciones de su vida, sucesivamente activa, cerebral y literaria, todas sus fuerzas fueron empleadas en hacer a su mujer feliz, y a ello aplicó su talento. Al salir del purgatorio materno, María Angélica se vio elevada de repente al paraíso conyugal que le había preparado Félix en la calle del Rocher, en una casa donde las menores cosas tenían un perfume de aristocracia; pero en la que el barniz del buen tono no cohibía ese armonioso abandono que anhelan los corazones amantes y jóvenes. María Angélica saboreó ante todo los goces de la vida material en su totalidad, y su marido se hizo durante dos años su intendente. Félix explicó lentamente y con mucho arte a su mujer las cosas de la vida, la inició gradualmente en los misterios de la alta sociedad, le enseñó las genealogías de todas las casas nobles, le mostró el mundo, la guio en el arte del tocado y de la conversación, la llevó de teatro en teatro y le hizo seguir un curso de literatura y de historia. Terminó esta educación con un cuidado de amante, de padre, de maestro y de marido; pero también con una sobriedad bien entendida, atemperaba los goces y las lecciones, sin destruir las ideas religiosas. En suma, desempeñó su empresa como un gran señor; y al cabo de cuatro años tuvo la dicha de haber hecho de la condesa de Vandenesse una de las mujeres más amables y más notables de la época actual.

María Angélica experimentó precisamente por Félix el sentimiento que Félix deseaba inspirarle: una amistad sincera, un agradecimiento bien sentido y un amor fraternal mezclado oportunamente con el cariño noble y digno, como debe serlo el existente entre marido y mujer. Ella era madre, y buena madre. Sujetaba Félix, por tanto, a su mujer con todas las ligaduras posibles, sin que pareciese que la encadenaba; contando, para ser feliz sin que empañase su dicha nube alguna, con la atracción que da el hábito. No hay como los hombres duchos en el arte de la vida y que han recorrido el círculo de las desilusiones políticas y amorosas, para poseer esta ciencia y conducirse de este modo. Félix encontraba en su obra, por otra parte, los goces que les procuran sus creaciones a los pintores, los escritores y los arquitectos que elevan monumentos; experimentaba un doble placer al ocuparse de la obra y al contemplar su éxito, admirando a su mujer instruida e inocente, inteligente y natural, amable y casta, muchacha y madre, totalmente libre y encadenada. La historia de los buenos matrimonios es como la de los pueblos felices: se escribe en dos líneas y no tiene nada de literaria. Del mismo modo que la dicha no se explica sino por sí misma, aquellos cuatro años no pueden ofrecer nada que no sea delicado como el gris de lino de los eternos amores, insípido como el maná y entretenido como la novela de la Astrea.

En 1833 el edificio de ventura cimentado por Félix, minado en su misma base sin que él lo advirtiese, estuvo a punto de venir al suelo. Tanta diferencia hay entre el corazón de una mujer de veinticinco años y el de la joven de dieciocho, como entre el de la mujer de cuarenta y el de la mujer de treinta. Hay cuatro edades en la vida de las mujeres, y cada edad crea una mujer nueva. Vandenesse conocía sin duda las leyes de estas transformaciones, que se deben a nuestras costumbres modernas, pero las olvidó en su caso, como el mejor gramático puede olvidar las reglas al componer un libro, y de igual modo que, en el campo de batalla, en medio del fuego y preocupado con los accidentes de un cerco, el general más grande olvida una regla absoluta del arte militar. El hombre que puede grabar perpetuamente el pensamiento en el hecho es un hombre de genio; pero el hombre que pueda tener más genio no lo despliega en todos los instantes, ya que, de no ser así, se asemejaría demasiado a Dios. Después de cuatro años de llevar esta vida sin un contratiempo espiritual, sin una palabra que pudiese producir la menor disonancia en aquel suave concierto de los sentimientos, y sintiéndose perfectamente desarrollada como una hermosa planta en un suelo propicio, bajo las caricias de un bello sol que irradiaba en medio de un éter constantemente cerúleo, la condesa experimentó como un trastorno espiritual. Esta crisis de su vida, tema de la presente escena, sería incomprensible sin unas explicaciones que acaso atenúen, a los ojos de las mujeres, los errores de esta joven condesa, tan feliz esposa como feliz madre, y que debería, a primera vista, parecer carente de toda excusa.

La vida es el producto del juego de dos principios opuestos: cuando el uno falta, el ser sufre. Al satisfacerlo todo, Vandenesse había suprimido el deseo, ese rey de la creación que pone a contribución una suma enorme de fuerzas morales. El calor extremado, la extremada desdicha, la felicidad completa, todos los principios absolutos ejercen su imperio en ámbitos desprovistos de toda producción: quieren estar solos y ahogan todo lo que no son ellos. Vandenesse no era mujer, y sólo las mujeres conocen el arte de darle variación a la felicidad: de ahí procede su coquetería, sus negativas, sus temores, sus querellas, así como las sabias e ingeniosas simplezas con las que ponen en duda al día siguiente lo que la víspera no ofrecía dificultad alguna. Los hombres pueden cansar con su constancia, las mujeres jamás. Vandenesse era un carácter demasiado bueno en todos sus aspectos para atormentar deliberadamente a una mujer amada, y la lanzó al cielo, más hermoso y más limpio de nubes, del amor. El problema de la beatitud eterna es uno de aquellos cuya solución sólo es conocida por Dios en la otra vida. En ésta, poetas sublimes han aburrido eternamente a sus lectores al emprender la descripción del paraíso. El escollo del Dante fue también el escollo de Vandenesse: ¡honra y gloria al valor fracasado! Su mujer acabó por encontrar alguna monotonía en un edén tan bien organizado. La dicha perfecta que la primera mujer experimentó en el paraíso terrenal le produjo las náuseas que provoca a la larga el empleo de cosas dulces, e hizo desear a la condesa, como a Rivarol cuando leía a Florián, encontrar algún lobo en la pastoral. En todos los tiempos ha sido éste el sentido atribuido a la serpiente emblemática, a la que se dirigió probablemente Eva por aburrimiento; moraleja que parecerá quizá aventurada a los ojos de los protestantes, que toman el Génesis más en serio que los propios judíos. Pero la situación de la señora de Vandenesse puede explicarse sin recurrir a figuras bíblicas: sentía en su alma una fuerza inmensa sin empleo, su dicha no le hacía sufrir, marchaba sin cuidados ni inquietudes, no temblaba por perderla, y se le aparecía todas las mañanas con el mismo color azul, la misma sonrisa y la misma palabra encantadora. Ni el más leve soplo, ni aun el del céfiro, rizaba la superficie de lago tan puro, y ella hubiese querido que aquel espejo ondulase. Su deseo llevaba en sí algo de infantil que debería valerle de excusa; pero la sociedad no es más indulgente de lo que lo fue el Dios del Génesis. El talento adquirido hacía comprender a la condesa admirablemente cuán ofensivo debía ser aquel sentimiento, y encontraba horrible confiárselo a su querido maridito. En su simplicidad no había inventado otra frase de amor, pues no se forja en frío la deliciosa lengua de hipérboles que el amor enseña a sus víctimas en medio de las llamas. Dichoso Vandenesse con esta adorable reserva, mantenía a su mujer, por medio de sus sabios cálculos, en las regiones templadas del amor conyugal. Este marido modelo encontraba, por otra parte, indignos de un alma noble los recursos del charlatanismo que le hubiesen engrandecido y que le hubiesen valido recompensas del corazón; quería agradar por él mismo y no deberle nada a los artificios de la fortuna. La condesa María sonreía al ver en el Bosque un tren incompleto o mal atalajado. Sus miradas se volvían entonces complacidas sobre el suyo, cuyos caballos tenían una prestancia inglesa, se encontraban libres bajo sus arneses y guardaban entre sí la distancia adecuada. Félix no se rebajaba nunca hasta recoger los beneficios de los trabajos que se tomaba; su mujer encontraba naturales su lujo y su buen gusto, y no le agradecía el cuidado con que le ahorraba toda herida en su amor propio. Con todo sucedía igual. La bondad no carece de escollos: se la atribuye al carácter, y rara vez se reconocen en ella los esfuerzos secretos de un alma hermosa; en tanto que se recompensa a las personas malas por el mal que dejan de hacer. Hacia esta época, la señora Félix de Vandenesse había llegado a un grado de instrucción mundana que le permitió abandonar el papel bastante insignificante de comparsa tímida, observadora y oyente que, según se dice, representó Giulia Grisi durante algún tiempo en los coros del teatro de la Scala. La joven condesa se sentía capaz de desempeñar el puesto de prima donna y se atrevió a hacerlo varias veces. Con gran contento de Félix intervino en las conversaciones. Réplicas ingeniosas y agudas observaciones, sembradas en su espíritu por su trato con su marido, la hicieron notar, y el éxito la enardeció. Vandenesse, a quien se le había concedido que su mujer era bonita, quedó encantado cuando ésta se mostró inteligente. De vuelta del baile, del concierto o de la soirée en que había brillado, y mientras se despojaba de sus galas, María adoptaba un airecillo jubiloso y deliberado para decirle a Félix: «¿Habéis estado contento de mí esta noche?». La condesa suscitó algunas envidias, entre otras la de la hermana de su marido, la marquesa de Listomère, que hasta entonces la había dirigido, creyendo proteger una sombra destinada a hacerla destacar. Una condesa que se llama María, bella, inteligente y virtuosa, música y algo coqueta, ¡qué presa para la gente! Félix de Vandenesse contaba en la sociedad con varias mujeres con las cuales había roto o que habían roto con él, pero a las que no les fue indiferente su matrimonio. Cuando las tales vieron en la señora de Vandenesse una mujercita de manos rojizas, bastante cohibida, que hablaba poco y no parecía pensar mucho, se creyeron lo suficientemente vengadas. Ocurrieron los desastres de julio de 1830, la sociedad quedó disuelta durante dos años, las personas ricas marcháronse durante la tormenta a sus tierras o viajaron por Europa, y los salones no se abrieron apenas hasta 1833. El faubourg Saint-Germain se enfurruñó, pero consideró algunas casas, entre otras la del embajador de Austria, como terreno neutral, y allí se encontraron la sociedad legitimista y la sociedad nueva, representadas por sus notabilidades más elegantes. Ligado por mil lazos de corazón y de agradecimiento a la familia desterrada, pero firme en sus convicciones, Vandenesse no se creyó obligado a imitar las tontas exageraciones de su partido: en el peligro había cumplido con su deber exponiendo su vida al atravesar las masas del populacho para proponer transacciones; llevó, pues, a su mujer a los salones donde su fidelidad no podía verse jamás comprometida. Las antiguas amigas de Vandenesse reconocieron con dificultad a la recién casada en la elegante, inteligente y dulce condesa, que se presentaba por sí misma con las maneras más exquisitas de la aristocracia femenina. Las señoras de Espard, de Manerville, lady Dudley, y algunas otras menos conocidas, sintieron despertarse las serpientes en el fondo de su corazón; escucharon los agudos silbidos del orgullo encolerizado, y envidiaron la dicha de Félix; hubieran dado con gusto sus más lindas chinelas por que le ocurriera alguna desgracia. En lugar de mostrarse hostiles a la condesa, todas aquellas buenas mujeres la rodearon, demostrándole una excesiva amistad, y la elogiaron ante los hombres. Lo bastante conocedor de sus intenciones, Félix vigiló sus relaciones con María, diciéndole que desconfiase de ellas. Adivinaron todas las inquietudes que su trato le causaba al conde, no le perdonaron su desconfianza y multiplicaron sus cuidados y atenciones hacia su rival, a la que proporcionaron un éxito enorme con gran disgusto de la marquesa de Listomère, que no comprendía nada de todo aquello. Se citaba a la condesa Félix de Vandenesse como la más encantadora y más inteligente mujer de París. La otra cuñada de María, la marquesa Carlos de Vandenesse, sufría mil contrariedades a causa de la confusión que la identidad de nombres producía a veces, así como por las comparaciones a que daba lugar. Aunque la marquesa fuese también mujer muy bella y muy inteligente, sus rivales le oponían a su cuñada con tanta mayor razón cuanto que la condesa tenía doce años menos. Aquellas mujeres sabían cuánta acritud iba a suscitar el éxito de la condesa en su trato con sus dos cuñadas, que llegaron a mostrarse frías y descorteses con la triunfante María Angélica. Fueron unas parientas peligrosas y unas íntimas enemigas. Todos saben que la literatura se defendía a la sazón de la general indiferencia engendrada por el drama político produciendo obras más o menos byronianas en las que no se trataba sino de delitos conyugales. En aquel tiempo, las infracciones a los contratos matrimoniales constituían el fondo de las revistas, de los libros y del teatro. Este tema eterno estaba más que nunca de moda. El amante, pesadilla de los maridos, se encontraba en todas partes, excepto quizá en los hogares, donde, en aquella época burguesa, se daba menos que en cualquier otro tiempo. Cuando todo el mundo corre a las ventanas y grita: ¡guardias!, e ilumina las calles, no parece ser la ocasión más propicia para que los ladrones decidan pasearse. Si durante aquellos años fértiles en agitaciones urbanas, políticas y morales, hubo catástrofes matrimoniales, constituyeron excepciones que no fueron tan señaladas como bajo la Restauración. Sin embargo, las mujeres hablaban mucho entre ellas de lo que constituía el tema de las dos formas de la poesía: el libro y el teatro. Se trataba con frecuencia del amante, ese ser tan raro y tan deseado. Las aventuras conocidas daban materia para discusiones, y estas discusiones sosteníanlas como siempre las mujeres irreprochables. Un hecho digno de notarse es el despego que manifiestan hacia ese género de conversaciones las mujeres que gozan de una dicha ilegal, y que conservan en sociedad un continente mojigato, reservado y casi tímido; parece que piden el silencio a cada uno, o el perdón de sus goces a todo el mundo. Cuando, por el contrario, una mujer se complace en oír hablar de catástrofes y se hace explicar las voluptuosidades que sirven de justificación a los culpables, podéis creer que se encuentra en la encrucijada de la indecisión y no sabe qué camino tomar. Durante aquel invierno, la condesa de Vandenesse oyó mugir en sus oídos la bronca voz del mundo, y el viento de las tempestades silbó en torno a ella. Sus pretendidas amigas, que dominaban su reputación desde la altura elevada de sus nombres y de sus posiciones, le dibujaron repetidas veces la figura seductora del amante y dejaron caer en su alma frases ardientes sobre el amor, la solución del enigma que la vida ofrece a las mujeres, la gran pasión, según la señora de Staël, que predicó con el ejemplo. Cuando la condesa preguntaba ingenuamente en un pequeño grupo qué diferencia existía entre un amante y un marido, jamás dejó de contestarle alguna de las mujeres que le deseaban una desgracia a Vandenesse de un modo que excitase su curiosidad, inquietase su imaginación, interesase su alma o impresionase su corazón.

—Con el marido se va tirando, querida, pero sólo se vive con el amante —

le decía su cuñada, la marquesa de Vandenesse.

—El matrimonio, hija mía, es nuestro purgatorio; el amor es el paraíso —decía lady Dudley.

—No la creáis —exclamaba la duquesa de Grandlieu—, es el infierno.

—Pero es un infierno donde se ama —hacía observar la marquesa de Rochegude—. Se siente con frecuencia más goce en el sufrimiento que en la dicha: pensad en los mártires.

—Con un marido, tontuela, vivimos, por así decirlo, de nuestra propia vida; pero amar es vivir de la vida de otro —le decía la marquesa de Espard.

—Un amante es el fruto prohibido, frase en la que para mí se resume todo —decía riendo la linda Moina de Saint-Héreen.

Cuando no iba a reuniones diplomáticas o a los bailes celebrados en casa de algún rico extranjero, como lady Dudley o la princesa Galathionne, la condesa iba casi todas las noches a algún salón, después de los Italianos o de la Ópera, bien fuese a casa de la marquesa de Espard, a casa de la señora de Listomère, de la señorita Des Touches, de la condesa de Montcornet o de la vizcondesa de Grandlieu, las únicas casas aristocráticas abiertas; y jamás salía de ellas sin que una mala semilla hubiera sido arrojada en su corazón. Se le hablaba de completar su vida, frase de moda en aquel tiempo; de ser comprendida, otra frase a la que las mujeres prestaban extraños significados. Volvía a su casa inquieta, alterada, curiosa y pensativa. Encontraba algo de menos en su vida, pero no llegaba hasta el punto de verla desierta.

La sociedad más divertida, aunque la más mezclada, de los salones a que acudía la señora Félix de Vandenesse, se encontraba en casa de la condesa de Montcornet, mujercita encantadora que recibía a los artistas ilustres, a los financieros más notables y a los escritores distinguidos; pero después de haberlos sometido a un examen tan severo, que las personas más exigentes, en lo que se refiere al buen tono en el trato social, no tenían que temer en absoluto encontrar allí a quienquiera que perteneciese a una categoría de segunda clase. Las mayores pretensiones encontrábanse allí seguras. Durante el invierno, en el que la alta sociedad se había rehecho, algunos salones, entre los cuales se contaban los de las señoras de Espard y de Listomère, de la señorita Des Touches y de la duquesa de Grandlieu, habían reclutado gente entre las celebridades nuevas del arte, de la ciencia, de la literatura y de la política. La sociedad no pierde jamás sus derechos y quiere siempre que la diviertan. En un concierto dado por la condesa hacia el fin del invierno apareció en su casa una de las celebridades contemporáneas de la literatura y de la política: Raúl Nathan, presentado por uno de los escritores más inteligentes aunque más perezosos de la época, Emilio Blondet, otro hombre célebre, pero a puerta cerrada, elogiado por los periodistas y desconocido en las afueras. Blondet lo sabía; por otra parte, no se hacía ilusión alguna; y, entre otras frases de desprecio, ha dicho que la gloria es un veneno que se ha de tomar en pequeñas dosis. Desde el momento en que había logrado darse a conocer, tras de haber luchado largo tiempo, Raúl Nathan se había aprovechado del súbito entusiasmo que por la forma manifestaron aquellos elegantes sectarios de la Edad Media, tan chistosamente llamados Joven Francia. Había adoptado las singularidades de un hombre genial alistándose entre aquellos adoradores del arte cuyas intenciones, por otra parte, eran excelentes, pues nada más ridículo que el traje de los franceses en el siglo XIX, que ya hacía falta valor para atreverse a renovar.

Raúl, hagámosle esta justicia, presenta en su persona un no sé qué de grande, de fantástico y de extraordinario, que requiere un marco. Sus enemigos o sus amigos, tanto los unos como los otros, convienen en que no hay nada en el mundo que esté más de acuerdo con su espíritu como su forma. Raúl Nathan sería quizá más singular al natural de lo que lo es con sus adornos. Su rostro devastado, destruido, le da la apariencia de haber luchado con los ángeles o los demonios; se asemeja al que los pintores alemanes atribuyen al Cristo muerto: aparecen en él mil signos de una lucha constante entre la débil naturaleza humana y los poderes de lo alto. Pero las profundas arrugas de sus mejillas, los entrantes y salientes de su cráneo tortuoso y lleno de surcos, los hoyos que marcan sus ojos y sus sienes, no indican nada de débil en su constitución. Sus duras membranas y sus huesos visibles presentan una solidez notable; y aunque su piel, curtida por los excesos, se adhiera a aquéllos como si unos fuegos internos la hubiesen secado, no deja de cubrir por ello una armazón formidable. Es delgado y alto. Su cabellera larga y siempre en desorden tiende a producir su efecto. Este Byron mal peinado y mal formado, tiene unas piernas de garza real, unas rodillas infartadas, una esbeltez exagerada, unas manos encordadas de músculos, firmes como las patas de un cangrejo y de dedos flacos y nervudos. Raúl tiene ojos napoleónicos, unos ojos azules cuya mirada atraviesa el alma; una nariz atormentada y llena de sutileza; una boca encantadora, embellecida por los dientes más blancos que una mujer pudiera desear. Hay movimiento y fuego en su cabeza y genio bajo su frente. Raúl pertenece al pequeño número de hombres que os impresionan al pasar y que en un salón forman desde el primer momento un punto luminoso que atrae todas las miradas. Se hace notar por su desaliño, si se nos permite tomarle a Molière la palabra empleada por Eliante para describir el desaseo de la persona. Sus ropas parecen siempre haber sido retorcidas, arrugadas y abarquilladas intencionadamente para armonizar con su fisonomía. Tiene habitualmente una de sus manos en su chaleco abierto, en una actitud que el retrato del señor de Chateaubriand por Girodet ha hecho célebre; pero la adopta menos para parecérsele, ya que no quiere parecerse a nadie, que para deshacer los pliegues uniformes de su camisa. Su corbata queda en un momento enrollada por las convulsiones de sus movimientos de cabeza, que son notablemente bruscos y vivos, como los de los caballos de raza que se impacientan en sus arneses y levantan constantemente la cabeza para desprenderse el bocado o la barbada. Su barba larga y puntiaguda no está ni peinada, ni perfumada, ni cepillada, ni alisada como las de los elegantes, que la llevan en abanico o en punta; la deja según es. Sus cabellos, que se introducen entre el cuello de su frac y su corbata, lujuriantes sobre sus hombros, engrasan los lugares que acarician. Sus manos secas y correosas ignoran los cuidados del cepillo de uñas y el lujo del limón. Varios críticos pretenden que las aguas lustrales no refrescan a menudo su piel calcinada. En suma, el terrible Raúl es grotesco. Se mueve por sacudidas como obedeciendo a un mecanismo imperfecto. Sus andares están en pugna con toda idea de orden por sus zigzags entusiastas y sus altos inesperados, que le hacen tropezar con los burgueses pacíficos que se pasean por los bulevares de París. Su conversación, llena de humor cáustico y de epigramas ásperos, imita la marcha de su cuerpo: abandona súbitamente el tono de venganza y se hace suave, poética, consoladora, dulce, sin venir a qué, y ofrece silencios inexplicables y espasmos de ingenio que fatigan a veces. Lleva a los salones una torpeza atrevida, un desdén de las convenciones sociales y un aire de crítica hacia todo lo que en ellos se respeta, que le indispone con los espíritus pequeños, así como con aquellos que se esfuerzan en conservar las doctrinas de la antigua cortesía; pero es algo original, como las creaciones chinas, y que las mujeres no aborrecen. Además, con éstas muestra a menudo una amabilidad exquisita, y parece complacerse en hacer olvidar sus maneras extravagantes y en obtener sobre las antipatías una victoria que halaga su vanidad, su amor propio o su orgullo.

—¿Por qué sois así? —le dijo un día la marquesa de Vandenesse.

—¿No están siempre las perlas dentro de conchas? —respondió él ostentosamente.

Y a otro que le dirigía la misma pregunta, le respondió:

—Si todo el mundo me encontrase bien, ¿cómo podría parecerle mejor a una persona elegida entre todas?

Raúl Nathan lleva a su vida intelectual el desorden que ha tomado por bandera. Su exterior no miente: su talento se parece al de esas pobres muchachas que se presentan en las casas burguesas como criadas para todo: fue primero crítico, y un gran crítico; pero en este oficio se consideró engañado. Sus artículos valían por libros, según decía él. Las ganancias del teatro le sedujeron, pero incapaz del trabajo lento y sostenido que requiere la puesta en escena, se vio obligado a asociarse a un escritor de vaudeville, Du

Bruel, que desarrollaba sus ideas condensándolas siempre en piececillas productivas, llenas de ingenio y hechas siempre a la medida de un actor o de una actriz. Entre los dos habían descubierto a Florina, una actriz taquillera. Humillado por esta asociación semejante a la de los hermanos siameses, Nathan había hecho él solo para el Teatro Francés un gran drama que cayó al foso con todos los honores de la guerra, bajo salvas de artículos fulminantes. Ya en su juventud había hecho pruebas en el grande y noble teatro francés, con una magnífica obra romántica del genero de Pinto, en una época en que lo clásico imperaba: el Odeón se había visto tan violentamente agitado durante tres noches, que se prohibió la obra. A los ojos de mucha gente, la segunda obra, como la primera, pasaba por ser una obra maestra y le valió más reputación que todas las demás, tan productivas, hechas con sus colaboradores, aunque dentro de un círculo poco escuchado: el de los conocedores y personas de verdadero buen gusto. «Otro fracaso más como éste, y te haces inmortal», le dijo Emilio Blondet. Pero en vez de seguir por este camino difícil, Nathan había vuelto a caer por necesidad en los polvos y lunares postizos del vaudeville siglo XVIII, en la pieza costumbrista y en la reimpresión escénica de los libros de éxito. Sin embargo, se le consideraba como un gran talento que no había dicho aún su última palabra. Había abordado, por otra parte, la alta literatura y publicado tres novelas, sin contar las que mantenía en prensa como peces en un vivero. Uno de aquellos tres libros, el primero, como ocurre con muchos escritores que no han podido hacer sino una primera obra, había obtenido el éxito más brillante. A esta composición, puesta entonces imprudentemente en primera línea, a esta obra de artista, hacíala llamar en toda ocasión el libro más hermoso de la época y la única novela del siglo. Quejábase además mucho de las exigencias del arte, y era uno de los que contribuyeron más a hacer colocar todas las obras, el cuadro, la estatua, el libro y el edificio, bajo la enseña única del arte. Había empezado por perpetrar un libro de poesías que le hacía acreedor a un lugar en la pléyade de los poetas actuales, y entre las cuales se encontraba un poema nebuloso bastante admirado. Obligado a producir, a causa de su falta de fortuna, iba del teatro a la prensa y de la prensa al teatro, deshaciéndose y desparramándose, y creyendo siempre en su vena. Su gloria no era, como hemos visto, inédita, cual la de muchas celebridades en la agonía sostenidas por los títulos de obras en proyecto, que no alcanzarán seguramente tantas ediciones como públicos han necesitado. Nathan se asemejaba a un hombre de genio, y si hubiese marchado al cadalso según la envidia se lo pidió, habría podido golpearse la frente al modo de Andrés de Chénier. Dominado por la ambición política, cuando vio la irrupción en el poder de una docena de autores, profesores, metafísicos e historiadores que se incrustaron en la máquina durante las tormentas de 1830 a 1833, lamentó no haber hecho artículos políticos en vez de artículos literarios. Se creía superior a tales advenedizos, cuya fortuna le inspiraba entonces una envidia devoradora. Pertenecía a esa clase de espíritus que sienten celos de todo, que son capaces de todo, a quienes se roban todos los éxitos, y que marchan tropezando a mil lugares luminosos sin fijarse en uno solo, agotando siempre la voluntad del vecino. A la sazón, iba del saint-simonismo al republicanismo, para volver quizá al ministerialismo. Husmeaba su hueso a roer por todos los rincones y buscaba una plaza segura desde la que poder ladrar resguardado de golpes y desde la cual hacerse temible; pero sufría la vergüenza de no verse tomar en serio por el ilustre De Marsay, que dirigía entonces el Gobierno y que no tenía consideración alguna por los autores en los que no encontraba lo que Richelieu llamaba perseverancia, o mejor dicho, fijeza de ideas. Además, todo ministerio hubiese tenido que contar con el continuo desarreglo de los asuntos de Raúl. Tarde o temprano, la necesidad debía traerle a aceptar condiciones en lugar de imponerlas.

El carácter real y cuidadosamente escondido de Raúl, armoniza con su carácter patente. Es comediante de buena fe, personal como si el Estado lo fuese él, y muy hábil declamador. Nadie mejor que él sabe fingir los sentimientos, engreírse con falsas grandezas, adornarse con bellezas morales, infundir respeto con frases y adoptar la actitud de un Alcestes mientras obra como Filinto. Su egoísmo galopa a cubierto de esta armadura de cartón pintado y alcanza a menudo el fin oculto que se propone. Perezoso en grado superlativo, no ha hecho nunca nada sino hostigado por las alabardas de la necesidad. Ignora lo que sea la continuidad del trabajo aplicada a la creación de un monumento; pero en el paroxismo de rabia que le han causado las heridas en su vanidad, en un momento de crisis producida por el acreedor, salta el Eurotas y triunfa de los más apremiantes vencimientos de la inteligencia. Luego, fatigado y sorprendido por haber creado algo, vuelve a caer en el marasmo de los goces parisienses. La necesidad se presenta de nuevo formidable, pero él está sin fuerzas; se rebaja entonces y se compromete. Impulsado por una idea falsa de su grandeza y de su porvenir, que mide por la alta fortuna alcanzada por uno de sus antiguos camaradas, uno de los raros talentos ministeriales sacados a luz por la revolución de Julio, se permite, para salir del apuro y con las personas que le quieren, barbarismos de conciencia enterrados en los misterios de la vida privada, pero de los que nadie habla ni se queja. La trivialidad de su corazón y el impudor de su apretón de manos, que estrechan todos los vicios, todas las desdichas, todas las traiciones y todas las opiniones, le han hecho inviolable como un rey constitucional. El pecado venial que suscitaría un clamor en un hombre de un gran carácter, no es en él nada; un acto poco delicado apenas es algo, y todo el mundo se excusa al excusarle. Aun aquel que estaría inclinado a despreciarle, le tiende la mano por miedo a tener necesidad de él. Tiene tantos amigos, que desea hacerse enemigos. Esa cordialidad aparente que seduce a los recién llegados y no se opone a ninguna traición, que se permite y lo justifica todo, que da voces al recibir una herida y la perdona, es uno de los caracteres distintivos del periodista. Esa camaradería, palabra creada por un hombre ingenioso, corroe las almas más bellas: enmohece su orgullo, mata el principio de las obras grandes y consagra la cobardía del espíritu. Al exigir esa maleabilidad de conciencia en todo el mundo, ciertas personas se preparan la absolución de sus traiciones y de sus cambios de partido, y es así como la porción más ilustrada de una nación se convierte en la menos estimable.

Juzgado desde el punto de vista literario, le falta a Nathan el estilo y la instrucción. Como la mayoría de los jóvenes ambiciosos de la literatura, regurgita hoy su instrucción de ayer. Carece del tiempo y de la paciencia para escribir; no ha observado, pero escucha. Incapaz de construir un plan provisto de una armazón sólida, acaso se salva por el ardor que pone en su dibujo. Hace pasión, usando una frase de la jerga literaria, porque todo cuanto se refiere a la pasión es verdadero, mientras que el genio tiene la misión de buscar, a través de las peripecias de lo verdadero, aquello que debe parecerle probable a todo el mundo. En lugar de despertar ideas, sus héroes son individualidades ampliadas que sólo excitan simpatías fugitivas; no tienen conexión con los grandes intereses de la vida, y, desde luego, no representan nada, pero se mantienen por la agilidad de su espíritu y por esos hallazgos felices que los jugadores de billar llaman chiripas. Es el más hábil cazador al vuelo de las ideas que caen sobre París o que París hace levantarse. Su fecundidad no es suya, sino de la época: vive de las circunstancias, y, para dominarlas, exagera su alcance. En suma, no es sincero, su frase es mendaz y hay en él algo, como lo decía el conde Félix, del prestidigitador. Su pluma toma su tinta en el gabinete de una actriz, eso se nota. Nathan ofrece la imagen de la juventud literaria del día, con sus falsas grandezas y sus miserias reales; la representa con sus bellezas incorrectas y sus caídas profundas, con su vida de cascadas burbujeantes, súbitos reveses y triunfos inesperados. Es el hijo de este siglo devorado por la envidia, en el que mil rivalidades, que los sistemas ponen a cubierto, alimentan en su provecho la hidra de la anarquía de todos sus yerros; que quiere obtener la fortuna sin trabajo, la gloria sin talento y el éxito sin dolor, pero que, después de muchas rebeliones y de no pocas escaramuzas, se ve llevado por sus vicios a cobrar del Presupuesto con la condescendencia del Poder. Cuando tantas jóvenes ambiciones han partido a pie, dándose cita en el mismo punto, existe una competencia de voluntades, miserias inauditas y luchas encarnizadas. En batalla tan horrible, la victoria es del egoísmo más violento o más hábil. El ejemplo es envidiado y justificado, pese a la gritería, como diría Molière, y se le sigue. Cuando Raúl fue presentado en el salón de la señora de Montcornet en calidad de enemigo de la nueva dinastía, florecían sus grandezas aparentes. Se le aceptaba como el crítico político de los De Marsay, de los Rastignac, de los La Roche-Hugon, llegados al poder. Víctima de sus fatales vacilaciones y de su repugnancia por la acción que sólo a él le concernía, Emilio Blondet, el introductor de Nathan, proseguía su oficio de burlón, no tomaba partido por nadie y estaba con todos. Era amigo de Raúl, amigo de Rastignac y amigo de Montcornet.

—Eres un triángulo político —le decía riendo De Marsay cuando se lo encontraba en la Ópera—, y esa forma geométrica no pertenece más que a Dios, que no tiene nada que hacer; pero los ambiciosos deben seguir la línea curva, que es el camino más corto en política.

Visto a distancia, Raúl Nathan era un hermoso meteoro. Sus maneras y talante veíanse autorizados por la moda. Su republicanismo postizo le daba momentáneamente esa rigidez jansenista que adoptan los defensores de la causa popular, de los que él se burlaba interiormente, y que no carece de encantos a los ojos de las mujeres. A las mujeres les gusta hacer prodigios, quebrar las rocas y fundir los caracteres que parecen de bronce. El ropaje moral estaba a la sazón, en Raúl, en armonía con su traje. Tenía que ser y lo fue, para la Eva aburrida de su paraíso de la calle del Rocher, la serpiente de colores cambiantes, matizada, de palabras sugestivas, de ojos magnéticos y de movimientos armoniosos, que perdió a la primera mujer. En cuanto la condesa María distinguió a Raúl, experimentó esa agitación interior cuya violencia causa una especie de espanto. El pretendido gran hombre adquirió sobre ella, con su mirada, una influencia física que irradió hasta su corazón, turbándolo con una turbación que ella encontró placentera. El manto de púrpura que la fama colocaba por unos instantes sobre los hombros de Nathan, deslumbró a aquella mujer ingenua. A la hora del té, María dejó el sitio en el que, entre algunas mujeres ocupadas en charlar, había permanecido callada contemplando al ser extraordinario. Sus falsas amigas habían notado su silencio. La condesa se aproximó al diván rectangular, colocado en medio del salón, en el que Raúl peroraba. Quedóse en pie, dándole el brazo a la señora Octavio de Camps que le guardó el secreto de los temblores involuntarios que traicionaban sus violentas emociones. Aunque los ojos de una mujer enamorada o sorprendida dejan escapar dulzuras increíbles, Raúl presentaba en aquel momento un verdadero fuego artificial y se encontraba demasiado absorbido por sus epigramas que salían como cohetes, sus acusaciones que se enroscaban y desenroscaban como soles, y los deslumbrantes retratos que trazaba con líneas de fuego, para darse cuenta de la ingenua admiración de una pobre y pequeña Eva, escondida en el grupo de mujeres que le rodeaban. Tal curiosidad, semejante a la que precipitaría a París entero al Jardín de Plantas para contemplar en él un unicornio, si se encontrase alguno en esas célebres montañas de la Luna, vírgenes aún de los pasos de un europeo, causa embriaguez en los espíritus de segunda fila en un grado igual al de la tristeza que produce en las almas verdaderamente elevadas; pero a Raúl le encantaba, ya que pertenecía demasiado a todas las mujeres para poder ser de una sola.

—Tened cuidado, querida —dijo al oído de María su graciosa y adorable acompañante—; marchaos.

La condesa miró a su marido para pedirle el brazo, con una de esas miradas que no siempre comprenden los maridos, y Félix se la llevó consigo.

—Querido —dijo la señora de Espard al oído de Raúl—, sois un bribón afortunado. Habéis hecho esta noche más de una conquista, pero, entre otras, la de la encantadora mujer que nos ha dejado tan bruscamente.

—¿Sabes lo que la marquesa de Espard ha querido decirme? —preguntó Raúl a Blondet recordándole la frase de la gran dama, una vez que se encontraron casi solos, entre la una y las dos de la mañana.

—Acabo de enterarme de que la condesa de Vandenesse se ha enamorado locamente de ti. No puedes quejarte.

—No la he visto —dijo Raúl.

—¡Oh! Ya la verás, bribón —dijo Emilio Blondet prorrumpiendo en una carcajada—. Lady Dudley te ha comprometido para que vayas a su gran baile precisamente con el objeto de que la encuentres allí.

Raúl y Blondet marcharon juntos con Rastignac, que les ofreció su coche. Los tres se echaron a reír de la reunión de un subsecretario de Estado ecléctico, de un republicano feroz y de un ateo político.

—¿Y si cenásemos a expensas del orden de cosas actual? —dijo Blondet, que quería reinstaurar la costumbre de las cenas.

Rastignac les llevó a casa de Véry, despidió su coche y se sentaron los tres a la mesa, analizando la sociedad contemporánea y riendo con risa rabelesiana. En medio de la cena, Rastignac y Blondet aconsejaron a su enemigo falso que no dejase perder una ocasión afortunada tan capital como la que se le ofrecía. Aquellos dos hombres corridos trazaron con un estilo burlón la historia de la condesa María de Vandenesse, hundiendo el escalpelo del epigrama y el punzón de la frase ingeniosa en aquella infancia inocente y en aquel matrimonio feliz. Blondet felicitó a Raúl por haber encontrado una mujer que no era todavía culpable sino de haber perpetrado algunos malos dibujos a lápiz rojo, secos paisajes a la acuarela, zapatillas bordadas para su marido y sonatas ejecutadas con la intención más casta; cosida durante dieciocho años a las faldas maternas, adobada en las prácticas religiosas, preparada por Vandenesse y cocida a punto por el matrimonio para ser finalmente, degustada por el amor. A la tercera botella de champagne, Raúl Nathan se abandonó más de lo que nunca lo había hecho con nadie.

—Amigos míos —les dijo—, ya conocéis mis relaciones con Florina, estáis al tanto de mi vida, y no os asombrará oírme confesar que ignoro en absoluto el color del amor de una condesa. Me he sentido con frecuencia humillado al pensar que no podía ofrecerme una Beatriz o una Laura sino en poesía. Una mujer noble y pura es como una conciencia sin mancha, que nos refleja bajo una hermosa forma. Con otras podemos mancharnos, pero con ésta seguimos siendo grandes, altivos e inmaculados. Con otras llevamos una vida desesperada, pero junto a ésta se respira la serenidad, la frescura y la lozanía del oasis.

—Anda, anda, hombre sin hiel —le dijo Rastignac—; toca en la cuarta cuerda la plegaria de Moisés, como Paganini.

Raúl permaneció mudo, con los ojos fijos y asombrados.

—Este vil aprendiz de ministro no me comprende —dijo tras de un momento de silencio.

De este modo, y mientras la pobre Eva de la calle del Rocher se acostaba envuelta en los cendales de la vergüenza, espantada del placer con que había escuchado a aquel pretendido gran poeta, y vacilaba entre la voz severa de su agradecimiento hacia Vandenesse y las palabras doradas de la serpiente, aquellos tres espíritus desvergonzados pisoteaban las tiernas y blancas flores de su amor naciente. ¡Ah! ¡Si las mujeres conociesen el aire cínico que adoptan esos hombres tan pacientes y tan embaucadores a su lado, cuando se encuentran lejos de ellas, y cómo se burlan de lo mismo que adoran! Fresca, graciosa y púdica criatura, ¡cómo la desnudaba y analizaba la chanza chocarrera! Pero, a la vez, ¡qué triunfo! Cuantos más velos iba perdiendo, más belleza mostraba.

En aquel momento María comparaba a Raúl y a Félix sin conocer el peligro que corroe el corazón cuando se entrega a semejantes paralelos. Nada en el mundo presentaba contraste tan fuerte como el desordenado y vigoroso Raúl con Félix de Vandenesse, cuidado como una petimetra, empaquetado en su frac, dotado de una encantadora desenvoltura y secuaz de la elegancia inglesa, a la que le había acostumbrado en otro tiempo lady Dudley. Tal contraste es grato a la imaginación de las mujeres, bastante inclinadas a pasar de un extremo al otro. La condesa, mujer prudente y piadosa, se prohibió a sí misma pensar en Raúl, considerándose al día siguiente una ingrata infame en medio de su paraíso.

—¿Qué pensáis de Raúl Nathan? —le preguntó a su marido, mientras almorzaban.

—Es un prestidigitador —respondió el conde—, uno de esos volcanes que se calman con un poco de polvo de oro. La condesa de Montcornet ha cometido un error al admitirle en su casa.

Esta respuesta hirió a María, tanto más cuanto que Félix, conocedor del mundo literario, apoyó su juicio en pruebas, contando lo que sabía de la vida de Raúl Nathan, vida precaria, mezclada con la de Florina, una actriz en boga.

—Si ese hombre tiene genio —dijo para terminar—, carece de la constancia y de la paciencia que lo consagran y lo convierten en una cosa divina. Quiere mostrarse imponente ante el mundo, colocándose en un lugar en que no puede sostenerse. Los verdaderos talentos, los hombres estudiosos y honorables, no obran de ese modo: siguen valerosamente su camino, aceptan sus miserias y no las cubren con oropeles.

El pensamiento de una mujer está dotado de una increíble elasticidad: cuando recibe un mazazo se doblega y parece aplastado, para recuperar su forma pasado un tiempo. «Félix tiene razón, sin duda», se dijo en el primer momento la condesa. Pero tres días después pensaba en la serpiente, traída de nuevo por aquella emoción, a la vez dulce y cruel, que Raúl le había producido y que Vandenesse había cometido el error de no hacerle conocer. El conde y la condesa fueron al gran baile de lady Dudley, en el que De Marsay apareció por última vez en sociedad, ya que murió dos meses después dejando la reputación de un hombre de Estado inmenso cuyo alcance, según decía Blondet, fue incomprendido. Vandenesse y su mujer volvieron a encontrar a Raúl Nathan en aquella asamblea, notable por encontrarse reunidos en ella varios personajes del drama político, muy asombrados de hallarse juntos. Fue una de las primeras solemnidades del gran mundo. Los salones ofrecían a las miradas un mágico espectáculo: flores, diamantes, brillantes cabelleras, todos los estuches vaciados y todos los recursos del tocado puestos a contribución. El salón podía compararse a uno de los invernaderos coquetones en los que los ricos floricultores reúnen los ejemplares más soberbios. El mismo brillo y la misma finura de tejidos. La industria humana parecía querer de este modo luchar con las creaciones animadas. Por todas partes, gasas blancas o pintadas como las alas de las libélulas más lindas, crepés, encajes, blondas, tules variados como las fantasías de la naturaleza entomológica, recortados, jaspeados, picados; hilos de araña de oro, de plata, nubes de seda, flores bordadas por las hadas o hechas brotar por genios cautivos, plumas coloreadas por los fuegos del trópico, cayendo como sauces llorones por encima de las cabezas orgullosas; perlas entrelazadas en los cabellos, telas laminadas, acanaladas y acuchilladas, como si el genio de los arabescos hubiese servido de consejero a la industria francesa. Este lujo se encontraba en armonía con las bellezas reunidas allí como para llevar a la realidad un keepsake. Posábanse las miradas en los hombros más blancos, unos de color de ámbar, otros lustrados como si sobre ellos se hubiese pasado un rodillo, éstos satinados, aquéllos mates y adiposos como si Rubens hubiese preparado su pasta. En suma, todos los matices que el hombre haya podido encontrar dentro del blanco. Había ojos que lanzaban destellos como ónices o turquesas rodeadas de terciopelo negro o de franjas rubias; perfiles variados que recordaban los tipos más graciosos de los diferentes países, frentes sublimes y majestuosas, o suavemente abombadas como si el pensamiento abundase en ellas, o lisas como si en ellas se asentase la resistencia invencible; y luego, eso que presta tanto atractivo a estos festines preparados para las miradas: pechos recogidos, como le gustaban a Jorge IV; separados, según la moda del siglo XVIII, o tendiendo a juntarse, como los quería Luis XV; pero mostrados con audacia, sin velos o bajo esas lindas gorgueras fruncidas de los retratos de Rafael, que constituyen el triunfo de sus pacientes discípulos. Los pies más bonitos, tendidos para la danza, y los talles que se abandonan a los brazos en el vals, estimulaban a los más indiferentes. El zumbido de las voces más dulces, el roce de los vestidos, los murmullos del baile y los golpes del vals acompañaban la música de un modo fantástico. Aquel embrujo sofocante, aquella melodía de perfumes, aquellas luces irisadas en los cristales en que chisporroteaban las bujías, y aquellos cuadros multiplicados por los espejos, parecían haber sido dispuestos por la varita mágica de un hada. La reunión de las mujeres más bonitas y de los más bonitos tocados se destacaba sobre la masa negra de los hombres, en la que se hacían notar los perfiles elegantes, finos y correctos de los nobles, los bigotes rojizos y los rostros graves de los ingleses y los semblantes graciosos de la aristocracia francesa. Todas las órdenes de Europa brillaban sobre los pechos, colgadas del cuello, en banda, o cayendo sobre la cadera. Si se examinaba aquella sociedad, no sólo presentaba los brillantes colores de los adornos, sino que tenía un alma, vivía, pensaba y sentía. Las pasiones ocultas le prestaban una fisonomía: podríais haber sorprendido el intercambio de miradas maliciosas. Blancas jovencitas, aturdidas y curiosas, dejando traslucir un deseo; mujeres celosas confiándose maldades bajo el abanico o haciéndose cumplidos exagerados. La sociedad compuesta, rizada y perfumada, se abandonaba a una locura de fiesta que se subía a la cabeza como un humo embriagador. Parecía como si de todas las frentes y de todos los corazones se escapasen sentimientos e ideas que se condensaban y cuya masa actuase sobre las personas más frías exaltándolas. En el momento más animado de aquella velada embriagadora y en un rincón del salón en que jugaban uno o dos banqueros, embajadores, ex ministros y el viejo e inmoral lord Dudley, que por casualidad había acudido, la señora Félix de Vandenesse se sintió irresistiblemente arrastrada a hablar con Nathan. Acaso cedía a esa embriaguez del baile que ha arrancado a menudo confesiones a las más discretas.

Al aspecto de aquella fiesta y de los esplendores de un mundo al que hasta entonces no había ido nunca, Nathan sintió su corazón mordido por un aumento de su ambición. Al ver a Rastignac, cuyo hermano menor acababa de ser nombrado obispo a los veintisiete años, cuyo cuñado, Marcial de la Roche-Hugon, era director general, mientras él mismo era subsecretario de Estado e iba, según un rumor, a casarse con la hija única del barón de Nucingen; al ver en el cuerpo diplomático a un escritor desconocido que traducía los periódicos extranjeros para otro periódico que se había hecho dinástico a partir de 1830, a pergeñadores de artículos que habían pasado al Consejo de Estado, y a profesores convertidos en pares de Francia, se contempló con dolor en un mal camino, predicando la destrucción de aquella aristocracia en la que brillaban los talentos afortunados, las habilidades coronadas por el éxito, y las eminencias reales. Blondet, tan desdichado y tan explotado en el periodismo, pero tan bien acogido allí, y pudiendo aún, si lo quería, entrar por el sendero de la fortuna a consecuencia de sus relaciones íntimas con la señora de Montcornet, fue a los ojos de Nathan un ejemplo vivo del poder de las relaciones sociales. En el fondo de su corazón resolvió burlarse de las opiniones, como lo hacían los De Marsay, Rastignac, Blondet y Talleyrand, jefe de aquella secta; no aceptar sino los hechos, violentarlos en su provecho, ver en todo sistema un arma y no trastornar una sociedad tan bien constituida, tan hermosa y tan natural. «Mi porvenir —se dijo— depende de una mujer que pertenezca a este mundo». Con este pensamiento, surgido al fuego de un deseo frenético, cayó sobre la condesa de Vandenesse como un milano sobre su presa.

Aquella criatura encantadora, tan linda con su tocado de plumas de marabú que producía ese delicioso desvanecido de las pinturas de Lawrence, en armonía con la dulzura de su carácter, se sintió penetrada por la fogosa energía del poeta rabioso de ambición. Lady Dudley, a la que no escapaba nada, protegió el aparte entregando el conde de Vandenesse a la señora de Manerville. Prevalida de un viejo ascendiente, esta mujer envolvió a Félix en los lazos de una querella llena de arrumacos, de confidencias adornadas de rubores, de lamentos delicadamente arrojados a sus pies, cual si fuesen flores, y de recriminaciones en las que se atribuía la razón para hacerse culpar. Los dos amantes enojados se hablaban por primera vez al oído. Mientras la antigua amante de su marido rebuscaba entre la ceniza de los placeres apagados, para encontrar aún algunas brasas, la señora Félix de Vandenesse experimentaba esas violentas palpitaciones que le causa a una mujer la certidumbre de encontrarse en falta y de caminar por el terreno prohibido: emociones que no dejan de tener encantos y que despiertan tantas fuerzas dormidas. Hoy, como en el cuento de Barba Azul, a todas las mujeres les gusta servirse de la llave manchada de sangre: magnífica idea mitológica que es una de las glorias de Perrault.

El dramaturgo, que se sabía a Shakespeare, expuso sus miserias, contó su lucha con los hombres y las cosas, e hizo entrever sus grandezas sin base, su genio político ignorado y su vida sin un afecto noble. Sin pronunciar una sola palabra acerca de ello, sugirió a la encantadora mujer la idea de desempeñar para él el papel sublime de Rebeca en Ivanhoe: amarle y protegerle. No son más azules los miosotis, ni los lirios más cándidos, ni las frentes de los serafines más blancas que lo eran las imágenes, las cosas y la frente iluminada y radiante de este artista, que hubiera podido enviar su conversación a su editor. Cumplió bien con su papel de reptil, haciendo brillar a los ojos de la condesa los colores deslumbrantes de la manzana fatal. María dejó el baile presa de remordimientos que parecían esperanzas, halagada por cumplidos que lisonjeaban su vanidad, conmovida en las menores fibras de su corazón, aprisionada por sus propias virtudes y seducida por su compasión hacia la desgracia.

Quizá la señora de Manerville había llevado a Vandenesse hasta el salón en el que su mujer hablaba con Nathan; quizá había ido él solo buscando a María para marchar; quizá su conversación había removido pesares aletargados. Por lo que fuese, cuando su mujer fue a pedirle su brazo, le encontró con la frente ensombrecida y el aire soñador. Temió la condesa haber sido vista, y en cuanto se encontró sola en el coche con Félix, le dirigió su sonrisa más sutil y le dijo:

—¿No estabais hablando, querido, con la señora de Manerville?

En el momento en que el coche entraba en su hotel, Félix no había salido aún de entre las malezas de una querella encantadora, por las que su mujer le había paseado. Fue éste el primer ardid que dictó el amor, y María se consideró dichosa por haber triunfado de un hombre que hasta entonces le parecía tan superior a ella, gustando así la primera alegría que proporciona un éxito necesario.

Raúl tenía, en un pasaje, entre la calle Basse-du-Rempart y la calle Neuve-des-Mathurins, y en el tercer piso de una casa estrecha y fea, un pequeño departamento desierto, desnudo y frío, en el que vivía para el público de los indiferentes, para los neófitos literarios, para sus acreedores, para los importunos y para las varias personas molestas que deben quedarse en el umbral de la vida íntima. Su domicilio real, su gran existencia y su representación estaban en casa de la señorita Florina, actriz de segundo orden, pero a la que los amigos de Nathan, los periódicos y algunos autores entronizaban entre las actrices ilustres de los últimos diez años. Otros tantos hacía que se había ligado Raúl de tal modo a esta mujer, que se pasaba la mitad de su vida en su casa, comiendo en ella cuando no tenía amigo con quien comer ni estaba invitado a hacerlo en alguna casa. Florina unía a una corrupción total un talento exquisito desarrollado por el trato con los artistas y aguzado de día en día por el uso. El talento pasa por ser una cualidad rara en los comediantes. ¡Es tan natural suponer que las gentes que se pasan su vida poniéndolo todo al exterior no les quede nada dentro! Pero cuando se piensa en el escaso número de actores y de actrices que viven en cada siglo, y en la cantidad de autores dramáticos y de mujeres seductoras salidas de este mundillo, está permitido refutar dicha opinión, que se basa en una eterna crítica dirigida contra los artistas, a todos los cuales se les acusa de perder sus sentimientos personales en la expresión plástica de las pasiones; siendo así que no emplean en ella más que las potencias del talento, de la memoria y de la imaginación. Los grandes artistas son seres que, según una frase de Napoleón, interceptan a voluntad la comunicación que la naturaleza ha establecido entre los sentidos y el pensamiento. Molière y Taima han estado más enamorados en su vejez que los hombres corrientes. Obligada a escuchar a periodistas que lo adivinan y calculan todo, a escritores que lo prevén y lo dicen todo, y a observar a algunos políticos que se apropiaban en su casa las agudezas de cada cual, Florina ofrecía una mezcla de demonio y de ángel que le hacía digna de recibir a tales pillos, a los que encantaba por su sangre fría. Su monstruosidad de cabeza y de corazón les agradaba sobremanera. Su casa, enriquecida con tributos galantes, ofrecía la exagerada magnificencia de las mujeres que, poco preocupadas del precio de las cosas, sólo se preocupan de las cosas en sí mismas, atribuyéndoles el valor de sus caprichos, y que rompen en un acceso de cólera un abanico o un pebetero dignos de una reina y ponen el grito en el cielo si alguien quiebra una porcelana de diez francos en la que beben sus perrillos.

Su comedor, lleno de las ofrendas más distinguidas, puede servir para dar una idea del desorden de aquel lujo real y desdeñoso. Por todas partes se veían, incluso en el techo, paramentos de madera de encina natural esculpida, realzados por filetes de oro mate, y cuyos tableros tenían por marco unas figuras de niño jugando con quimeras, donde la luz chispeaba, alumbrando aquí un bosquejo de Decamps, allá un yeso de un ángel sosteniendo una pila de agua bendita, regalado por Antonio Moine; más lejos, algún cuadro coquetón de Eugenio Devéria, una figura sombría de alquimista español por Luis Boulanger, un autógrafo de lord Byron a Carolina, al que sirve de marco un ébano esculpido por Elschoet; enfrente, otra carta de Napoleón a Josefina, y todo ello colocado sin ninguna simetría, pero con un arte que no se percibe. El ánimo se encuentra sorprendido. Hay allí coquetería y abandono, dos cualidades que no se encuentran unidas sino en casa de los artistas. Sobre la chimenea, de madera deliciosamente esculpida, tan sólo una extraña y florentina estatua de marfil atribuida a Miguel Angel, que representaba un egipán encontrando una mujer bajo la piel de un joven pastor, y cuyo original está en el tesoro de Viena; y a cada uno de sus lados, unos candelabros obra de algún cincel del Renacimiento. Un reloj de Boule, colocado sobre un pedestal de concha con incrustaciones de arabescos de cobre, brillaba en medio de un tablero, entre dos estatuillas que se habían librado de alguna demolición abacial. En los ángulos brillaban en sus pedestales dos lámparas de una magnificencia real, con las cuales había pagado un fabricante algunos reclamos sonoros acerca de la necesidad de tener lámparas ricamente adaptadas a caracoles del Japón. En un estante maravilloso se pavoneaba un precioso servicio de plata, bien ganado en un combate en el que un lord había reconocido el ascendiente de la nación francesa; además, unas porcelanas con relieves; en suma, el lujo exquisito del artista que no tiene más capital que su mobiliario. La alcoba, de color violeta, era un sueño de bailarina en sus comienzos: cortinas de terciopelo con forro de seda blanca, dispuestas sobre un velo de tul; un techo de cachemira blanca realzada con raso violeta; al pie de la cama una alfombra de armiño; y en el lecho, cuyas cortinas semejaban un lirio invertido, había una lamparilla para leer en ella los periódicos antes de que salieran a la venta. Un salón amarillo realzado por adornos de color de bronce florentino, estaba en armonía con todas estas magnificencias, pero su descripción exacta haría que estas páginas pareciesen el anuncio de una venta judicial. Para encontrarles a todas estas cosas otras comparables, habría sido necesario ir dos pasos más allá de esta casa, a la de Rothschild.

Sofía Grignoult, que había tomado el sobrenombre de Florina por medio de un bautizo bastante corriente en el teatro, debutó en escenarios de ínfima categoría, pese a su belleza. Su éxito y su fortuna se los debía a Raúl Nathan. La asociación de aquellos dos destinos, bastante corriente en el mundo dramático y literario, no le hacía daño alguno a Raúl, que guardaba las apariencias como hombre importante. La fortuna de Florina no tenía, sin embargo, nada de estable. Sus rentas aleatorias estaban formadas por sus contratos, por sus despidos, y apenas si bastaban para pagar su tocado y su casa. Nathan le entregaba algunas contribuciones obtenidas de las nuevas empresas de la industria; pero, aunque siempre galante y protector con ella, su protección no tenía nada de regular ni de sólida. Esta incertidumbre y esta vida en el aire no asustaba en absoluto a Florina, que creía en su talento y en su belleza. Su fe robusta tenía algo de cómico para aquellos que, cuando se le hacían observaciones, la oían fundar en ella su porvenir.

—Tendré rentas cuando quiera tenerlas —decía—. Tengo ya títulos de la Deuda por valor de cincuenta francos.

Nadie comprendía cómo había podido permanecer siete años olvidada, siendo en verdad tan bella; pero la verdad es que Florina empezó su carrera como comparsa a los trece años, debutando dos años después en un obscuro teatro de los bulevares. A los quince años no existen ni la belleza ni el talento: una mujer es sólo promesa. Contaba a la sazón veintiocho años; el momento en que la belleza de las mujeres francesas está en todo su apogeo. Los pintores veían ante todo en Florina unos hombros de un blanco lustroso, con tonos aceitunados en las proximidades de la nuca, pero firmes y brillantes; la luz resbalaba sobre ellos como sobre una tela de muaré.

Cuando volvía la cabeza, formábanse en su cuello esos pliegues magníficos que constituyen la admiración de los escultores. Sobre ese cuello triunfante tenía una cabecita de emperatriz romana, la cabeza elegante y fina, redonda y voluntariosa de una Popea, unas facciones de una corrección graciosa, y la frente lisa de las mujeres que espantan la preocupación y las reflexiones, que ceden fácilmente, pero que se obstinan también, como mulas, y son capaces a veces de no escuchar nada. Aquella frente cortada como de un solo golpe de cincel hacía destacarse unos hermosos cabellos cenicientos, casi siempre levantados por delante en dos matas iguales, a la romana, y dispuestos en colina detrás de la cabeza para prolongarla y hacer que se destacase, por su color, la blancura del cuello. Unas cejas negras y finas, dibujadas por algún pintor chino, servían de marco a unos párpados tiernos en los que se veía una red de fibrillas sonrosadas. Sus pupilas, iluminadas por una luz viva, pero atigradas por unas rayas obscuras, prestaban a su mirada la fijeza cruel de las fieras y revelaban la fría malicia de la cortesana. Los adorables ojos de gacela eran de un gris hermoso y listados por unas largas pestañas negras, encantador contraste que hacía aún más sensible su expresión de atenta y tranquila voluptuosidad; su contorno presentaba matices fatigados, pero la manera artística con que sabía hacer resbalar su pupila hacia la comisura o la parte superior del ojo, para observar o para hacer que meditaba, el modo como la mantenía fija haciéndole lanzar todo su brillo sin mover la cabeza y sin alterar la inmovilidad de su rostro, juego aprendido en el escenario, y la vivacidad de sus miradas cuando abarcaba una sala entera buscando en ella a alguien, hacía de sus ojos los más terribles, los más dulces y los más extraordinarios del mundo. El colorete había destruido los deliciosos tonos diáfanos de sus mejillas, cuya carne era delicada; pero si ya no podía ni enrojecer ni palidecer, tenía una nariz fina, cortada por los planos de dos ventanas sonrosadas y vibrátiles, que había sido hecha para expresar la ironía y la burla de las criadas de Molière. Su boca sensual y generosa, tan favorable para el sarcasmo como para el amor, estaba embellecida por las dos aristas del surco que unía el labio superior con la nariz. Su barbilla blanca, levemente gruesa, revelaba cierta violencia amorosa. Sus manos y sus brazos eran dignos de una soberana. Pero tenía el pie grueso y corto, signo indeleble de su nacimiento obscuro. Jamás causó una herencia más preocupación. Florina lo había intentado todo, salvo la amputación, para cambiarlo. Sus pies fueron tan obstinados como los bretones a quienes debía su existencia; resistiéronse a todos los sabios y a todos los tratamientos. Florina llevaba borceguíes largos y provistos de algodón en su interior para simular un arco a su pie. Era de estatura mediana, amenazada de obesidad, pero de talle bastante arqueado y bien formado. En lo moral poseía a fondo los melindres y los reproches, los condimentos y los halagos propios de su oficio, a los que sabía imprimir un sabor particular simulando la puerilidad y deslizando, en medio de sus risas ingenuas, malicias filosóficas. Ignorante y aturdida, en apariencia, estaba muy enterada de cuanto se refiere al descuento, así como de toda la jurisprudencia comercial. ¡Había experimentado tantas miserias antes de llegar al día de su dudoso éxito! ¡Había bajado, de piso en piso y a costa de tantas aventuras, hasta el primero! Conocía la vida; desde aquella en que hay que conformarse con el queso de Brie, hasta la que permite chupar desdeñosamente buñuelos de piña; desde aquella en que hay que cocinar y enjabonarse en el rincón de la chimenea de una buhardilla, hasta la que le consiente a uno convocar, como señor a sus vasallos, a los jefes de cocina panzudos y a los marmitones descarados. Había sabido mantener el crédito sin matarlo. No ignoraba nada de cuanto las mujeres honradas ignoran, y hablaba todos los lenguajes; era pueblo por la experiencia, y noble por su belleza distinguida. Difícil de engañar, lo suponía siempre todo como un espía, como un juez o como un viejo hombre de Estado, y podía de este modo penetrarlo todo. Sabía cómo conducirse con los proveedores, las artimañas de éstos, y conocía el precio de las cosas como un perito tasador. Cuando se tendía en su chaise-longue como una recién casada blanca y lozana, teniendo en su mano un papel y estudiándolo, habríais dicho que era una niña de dieciséis años, sencilla, ignorante y débil, y sin otro artificio que su inocencia. Y si un acreedor inoportuno llegaba entonces, se incorporaba como un cervatillo sorprendido y lanzaba un juramento.

—¡Bueno! Amigo mío, vuestras insolencias constituyen un interés bastante elevado del dinero que os debo —le decía—, estoy cansada de veros; enviadme a los agentes judiciales, pues los prefiero a esa cara de tonto.

Florina daba cenas encantadoras, conciertos y soirées con mucha frecuencia; en las que se jugaba muy fuerte. Todas sus amigas eran bellas. Jamás había aparecido en su casa una mujer vieja; no conocía la envidia, que le parecía, por otra parte, la confesión de una inferioridad. Había conocido a Coralia, a la Torpedo, y conocía a Tulia, Eufrasia, Aquilina, a la señora del Val-Noble, a Marieta, todas esas mujeres que cruzan por París como los vilanos por la atmósfera, sin que se sepa a dónde van ni de dónde vienen, hoy reinas y mañana esclavas; luego, a las actrices, sus rivales, a las cantantes, en fin, a toda esa sociedad femenina excepcional, tan bienhechora y tan graciosa en su despreocupación, y cuya vida bohemia absorbe a quienes se dejan arrastrar por la danza desmelenada de su entusiasmo, de su numen y de su desprecio por el día de mañana. Aunque en su casa se desarrollase la vida de la bohemia en todo su desorden y en medio de las risas de la artista, la reina de la fiesta tenía diez dedos y sabía contar con ellos mejor que ninguno de todos sus invitados. Allí se celebraban las saturnales secretas de la literatura y del arte mezcladas con la política y la finanza; allí reinaba el deseo como soberano; allí se consideraban sagrados el spleen y la fantasía, como en casa de una burguesa el honor y la virtud. Allí acudían Blondet, Finot, Esteban Lousteau, su séptimo amante, quien se creía el primero, Feliciano Vernou el folletonista, Couture, Bixiou, Rastignac en otro tiempo, Claudio Vignon el crítico, Nucingen el banquero, Du Tillet, Conti el compositor, en suma, esa legión endiablada de los más feroces calculadores de todo género; y luego, los amigos de las cantantes, de las bailarinas y de las actrices que conocían a

Florina. Toda aquella gente se odiaba o se quería según las circunstancias. Aquella casa, en la que bastaba con ser célebre para ser recibido, era como la casa pública del talento y como el presidio de la inteligencia: no se entraba allí sin haber arrebatado legalmente la fortuna, cumplido diez años de miseria, degollado dos o tres pasiones y adquirido una fama cualquiera con libros o con chalecos, con un drama o con un hermoso tren de paseo; allí se urdían las jugarretas, que se iban a llevar a cabo, se analizaban los medios de fortuna, se burlaban de los motines que se habían fomentado la víspera y se calculaba el alza y la baja. Cada uno de los hombres, al salir, se endosaba de nuevo la librea de su opinión; pero allí podía, sin comprometerse, criticar a su propio partido, confesar el saber y la habilidad de sus adversarios, formular los pensamientos que nadie confiesa, en suma, decirlo todo como personas que podían hacerlo todo. París es el único lugar del mundo en el que existen esas casas eclécticas en las que todos los gustos, todos los vicios y todas las opiniones se reciben con un atuendo decoroso. Y todavía no hemos dicho que Florina sigue siendo una comedianta de segunda fila. La vida de Florina no es, por otra parte, una vida ociosa ni una vida envidiable. Hay muchos que, seducidos por el magnífico pedestal que el teatro le procura a una mujer, la suponen llevando la vida alegre de un carnaval perpetuo. En lo profundo de muchas porterías y bajo las tejas de más de una buhardilla, unas pobres criaturas sueñan, al volver del espectáculo, con perlas y diamantes, trajes de escamas de oro y torzales suntuosos, se ven ya con las cabelleras iluminadas, se suponen aplaudidas, compradas, adoradas y raptadas; pero todas ignoran las realidades de esa vida de caballo de pista, en la que la actriz está sometida a ensayos so pena de multa, a lecturas de obras y a estudios constantes de papeles nuevos, en una época en que se representan doscientas o trescientas obras al año en París. En cada representación, Florina se cambia dos o tres veces el vestido y vuelve a menudo a su camerino agotada y medio muerta. Entonces se encuentra obligada a quitarse a fuerza de mucho cosmético el rojo o el blanco y a desempolvarse si ha representado un papel del siglo XVIII. Apenas si ha tenido tiempo de cenar. Cuando representa, una actriz no puede ni encorsetarse, ni comer, ni hablar. Florina no tiene tampoco tiempo para cenar. Al volver de las representaciones, que, en nuestra época, terminan al día siguiente, ¿no tiene que hacerse el tocado para la noche y órdenes que dar? Se acuesta a la una o las dos de la mañana y ha de levantarse bastante temprano para repasar sus papeles, disponer los trajes, dar explicaciones acerca de ellos, probárselos, y luego almorzar, leer las esquelas amorosas, contestarlas, trabajar con los empresarios de la claque para que cuiden sus entradas y sus salidas a escena, y saldar la cuenta de los triunfos del mes pasado comprando al por mayor los del mes en curso. En los tiempos de San Ginés, comediante canonizado, que cumplía sus deberes religiosos y llevaba un cilicio, es de creer que el teatro no exigía esta feroz actividad. Para poder ir a coger flores al campo burguesamente, Florina está obligada con frecuencia a fingirse enferma.

Estas ocupaciones puramente mecánicas no son nada en comparación de las intrigas que hay que llevar, los pesares de la vanidad herida, las preferencias de los autores, los papeles arrebatados o que se teme vayan a serlo, las exigencias de los actores, las malicias de un rival y las desavenencias de directores y de periodistas, cosas todas ellas que requieren el doble de horas que tiene el día. Y hasta ahora no nos hemos referido al arte, a la expresión de las pasiones, a los detalles de la mímica, a las exigencias de la escena en la que mil lentes descubren los lunares de todo esplendor, y que ocupaban la vida entera y el pensamiento de Talma, de Lekain, de Baron, de Contat, de Clarion y de Champmeslé. Entre estos infernales bastidores, el amor propio carece de sexo: el artista que triunfa, sea hombre o mujer, tiene en contra suya a los hombres y a las mujeres. En cuanto a la fortuna, por muy considerables que sean los contratos de Florina no llegan a cubrir los gastos del tocado del teatro, el cual, sin contar los trajes, exige una cantidad enorme de guantes largos, de zapatos, y no excluye ni el vestido de noche ni el de ciudad. La tercera parte de esta vida se pasa en mendigar, otra en mantenerse, y la última en defenderse: todo en ella es trabajo. Si hace gustar la dicha con ardor, es porque se encuentra en ella como escondida, escasa, largo tiempo esperada y hallada al fin por casualidad entre goces detestables obligados y sonrisas al patio de butacas. El poder de Raúl era para Florina como un cetro protector: ahorrábale muchas desazones y muchos cuidados, como los grandes señores de otro tiempo a sus queridas y como hoy mismo algunos viejos que corren a implorar a los periodistas, cuando una frase en un periodiquillo ha asustado a su ídolo; por eso le era más adicta que a un amante, se aferraba a él como a un apoyo, le cuidaba como a un padre y le engañaba como a un marido; pero le habría sacrificado todo. Raúl lo podía todo para su vanidad de artista, para la tranquilidad de su amor propio y para su porvenir en el teatro. Sin la intervención de un gran autor, no puede haber una gran actriz: la Champmeslé se debió a Racine, así como Mars a Monvel y a Andrieux. Florina no podía hacer nada por Raúl, y bien hubiese querido serle útil o necesaria. Ella contaba con el cebo de la costumbre y estaba siempre dispuesta a abrir sus salones y a desplegar el lujo de su mesa para sus proyectos y para sus amigos. En suma, aspiraba a ser para él lo que madame Pompadour para Luis XV. Las actrices envidiaban la situación de Florina, como algunos periodistas envidiaban la de Raúl. Ahora bien, aquellos que conocen la inclinación del espíritu humano hacia las oposiciones y los contrastes, comprenderán muy bien que después de diez años de esta vida desarreglada, bohemia, llena de altibajos, de fiestas y de embargos, de sobriedades y de orgías, Raúl se viese arrastrado hacia un amor casto y puro, hacia la casa dulce y armoniosa de una gran señora, del mismo modo que la condesa Félix deseaba introducir las tormentas de la pasión en su vida monótona a fuerza de felicidad. Esta ley de la vida es la de todas las artes que no existen sino por los contrastes. La obra llevada a cabo sin estos recursos es como la última expresión del genio, así como el claustro es el pináculo de la vida cristiana.

Al volver a su casa, Raúl se encontró unas líneas de Florina que le trajo la doncella; pero un sueño invencible le impidió leerlas y se acostó envuelto por la fresca delicia del suave amor que le faltaba a su vida. Algunas horas después, leyó en dicha carta noticias importantes, que ni Rastignac ni De Marsay habían dejado traslucir. La actriz se había enterado, por una indiscreción, de la disolución de la Cámara después de la sesión. Raúl acudió al punto a casa de Florina y envió en busca de Blondet. En el boudoir de la actriz, Emilio y Raúl analizaron, con los pies apoyados en los morillos de la chimenea, la situación política de Francia en 1834. ¿De qué lado se encontraban las mayores posibilidades de fortuna? Pasaron revista a los republicanos puros, a los republicanos presidenciales, a los republicanos sin República, a los constitucionales sin dinastía, a los constitucionales dinásticos, a los ministeriales conservadores y a los ministeriales absolutistas; y, tras ellos, a la derecha propicia a las concesiones, a la derecha aristocrática, a la derecha legitimista, enriquequintista, y a la derecha carlista. En cuanto al partido de la Resistencia y al del Movimiento, no había lugar a dudas: era tanto como discutir la vida o la muerte.

En aquella época, una multitud de periódicos creados para cada matiz acusaban el espantoso desorden político al que un soldado llamó atolladero. Blondet, el espíritu más juicioso de la época, aunque para los demás y nunca para él, semejante a esos abogados que llevan mal sus propios asuntos, era sublime en estas discusiones privadas. Aconsejó, pues, a Nathan no apostatar de un modo brusco.

—Napoleón lo ha dicho: no se hacen repúblicas jóvenes con monarquías viejas. Así, pues, querido, conviértete en el héroe, en el apoyo y el creador del centro izquierda de la futura Cámara, y llegarás en política. ¡Una vez admitido, una vez en el Gobierno, se es lo que se quiere, abrazando todas las opiniones que triunfen!

Nathan decidió crear un diario político del que fuese dueño absoluto y vincular a este periódico uno de los periodiquillos que tanto abundaban en la Prensa, estableciendo ramificaciones con una revista. Había sido la Prensa el origen de tantas fortunas hechas a su alrededor, que Nathan no escuchó las advertencias de Blondet, que le decía que desconfiase. Blondet le presentó como perjudicial la especulación, a causa del gran número de periódicos que se disputaban los escritores; así como por parecerle que la Prensa estaba gastada. Raúl, infatuado con sus pretendidas amistades y su valentía, se mostró lleno de audacia; púsose en pie con un movimiento orgulloso, y dijo:

—¡Saldré adelante!

—¡No tienes ni un céntimo!

—¡Haré un drama!

—Fracasará.

—Bueno, que fracase —dijo Nathan.

Recorrió el departamento de Florina seguido por Blondet, que le creía loco; y miró con ojos de codicia las riquezas que en él se amontonaban. Blondet comprendióle entonces.

—Aquí hay cien mil francos y pico —dijo Emilio.

—Sí —dijo suspirando Raúl delante del lecho suntuoso de Florina—, pero preferiría ser mi vida entera vendedor de cadenas de seguridad en pleno bulevar y vivir de patatas fritas a vender un solo alzapaño de esta casa.

—Un alzapaño, no —dijo Blondet—, ¡sino todo! La ambición es como la muerte, tiene que poner su mano sobre todo, pues sabe que la vida le va a los alcances.

—¡No! ¡Cien veces no! Lo aceptaría todo de la condesa de ayer, pero ¿quitarle a Florina su nido...?

—Derribarse la casa de moneda, romper el volante, inutilizar el cuño, es grave —dijo Blondet con aire trágico.

—Por lo que he podido comprender —le dijo Florina presentándose de repente—, vas a dedicarte a la política en vez de hacer teatro.

—Sí, hija mía, sí —dijo Raúl con tono bonachón cogiéndola del cuello y besándola en la frente—. ¿Te enfurruñas? ¿Vas a perder con ello? ¿No logrará el ministro que la reina de las tablas obtenga un mejor contrato que el que el periodista ha podido hasta ahora conseguirle? ¿Carecerás de papeles y de vacaciones?

—Y ¿de dónde sacarás el dinero? —dijo ella.

—De casa de mi tío —respondió Raúl.

Florina conocía al tío de Raúl. Esta palabra simbolizaba la usura, como mi tía, en el lenguaje popular, significa el préstamo con garantía prendaria.

—No te inquietes, perla mía —dijo Blondet a Florina dándole golpecitos en los hombros—, yo le conseguiré el apoyo de Massol, un abogado que quiere ser guardasellos; de Du Tillet, que quiere ser diputado; de Finot, que se encuentra aún al frente de un periodiquillo, y de Plantin, que quiere ser relator del Consejo de Estado y que tiene parte en una revista. Sí, le salvaré de él mismo; reuniremos aquí a Esteban Lousteau, que hará el folletín; a Claudio Vignon, que se ocupará de la alta crítica; Feliciano Vernou será la criada para todo del periódico, el abogado trabajará, Du Tillet se ocupará de la Bolsa y de la Industria, y ya veremos adónde llegan todas esas voluntades y todos esos esclavos reunidos.

—Al hospital o al ministerio, que es adónde van las gentes arruinadas de cuerpo y de espíritu —dijo Raúl.

—¿Cuándo hablaréis con ellos?

—Aquí —dijo Raúl—, dentro de cinco días.

—Ya me dirás la cantidad que hará falta —preguntó Florina con sencillez.

—Pues el abogado, Du Tillet y Raúl no pueden embarcarse sin un centenar de miles de francos cada uno —dijo Blondet—. El periódico podrá tirar bien de este modo durante dieciocho meses, que es el tiempo que se necesita en París para elevarse o para caer.

Florina hizo una pequeña mueca de aprobación. Los dos amigos subieron a un cabriolé para ir a reclutar los invitados, las plumas, las ideas y los intereses.

En cuanto a la hermosa actriz, hizo venir a cuatro ricos comerciantes de muebles, de curiosidades, de cuadros y de joyas. Aquellos hombres entraron en el santuario e inventariaron todo, como si Florina hubiese muerto. Ésta les amenazó con una venta pública en el caso en que cerrasen su bolsa para otra ocasión mejor. Acababa, según dijo, de gustar a un lord inglés en un papel de la Edad Media, y quería realizar toda su fortuna mobiliaria para parecer pobre y hacerse ofrecer un hotel magnífico que amueblaría de un modo que pudiera rivalizar con Rotschild. Por más que trató de envolverlos, no dieron sino sesenta mil francos por toda aquella almoneda que valía ciento cincuenta mil. Florina, que no se había gastado en ello ni dos ochavos, prometió entregarlo todo en siete días por ochenta mil francos.

—Podéis tomarlo o dejarlo —dijo ella.

El trato quedó hecho. Cuando los chamarileros hubieron salido, la actriz saltó de alegría como las colinas del rey David. Hizo mil locuras, pues no se creía tan rica. Cuando llegó Raúl, se fingió enfadada con él. Dijo haber sido abandonada, pues había reflexionado: los hombres no pasan de un partido a otro, ni del teatro a la Cámara sin una razón para ello: ¡tenía una rival! ¡Lo que es el instinto! Se hizo jurar un amor eterno. Cinco días después, ofreció la comida más espléndida del mundo. El periódico quedó bautizado en su casa con torrentes de vino y de bromas, juramentos de fidelidad, de buen compañerismo y de camaradería formal. El nombre, olvidado ahora como El Liberal, El Comunal, El Departamental, La Guardia Nacional, El Federal o El

Imparcial, fue algo que terminaba en al y que debía de ir bastante mal. Después de las numerosas descripciones de orgías que jalonaron esta fase literaria, en la que se hicieron tan pocas en las buhardillas en que fueron escritas, es difícil poder dar una idea de la de Florina. Digamos tan sólo esto: a las tres de la madrugada, Florina pudo desnudarse y acostarse como si hubiese estado sola, aunque nadie había salido. Aquellas luminarias de la época dormían como brutos. Cuando, por la mañana temprano, llegaron los embaladores, los dependientes y los cargadores para llevarse todo el lujo de la célebre actriz, ella se echó a reír al ver cómo aquellos hombres trataban a los varones insignes como si fuesen muebles y los colocaban en el suelo. De este modo se fueron aquellas bellas cosas. Florina deportó todos sus recuerdos a las tiendas por las que nadie al pasar podía averiguar, viéndolas, ni dónde ni de qué modo habían sido pagadas aquellas flores del lujo. Por un convenio se le dejaron a Florina hasta la noche sus cosas reservadas: su lecho, su mesa y su servicio, para que pudiese dar de almorzar a sus huéspedes. Después de haberse dormido bajo los elegantes cortinajes de la riqueza, aquellos ingenios se despertaron entre las paredes frías y desmanteladas de la miseria, llenas de señales de clavos y deshonradas por las curiosas discordancias que se esconden bajo los tapices como las cuerdas tras de las decoraciones de la Ópera.

—Anda, han embargado a Florina, pobre muchacha —gritó Bixiou, uno de los invitados—. ¡Echad mano al bolsillo! ¡Una suscripción!

Al escuchar estas palabras, toda la asamblea se puso en pie. Los bolsillos, vaciados, produjeron treinta y siete mil francos, que Raúl llevó en broma a la burlona. La afortunada cortesana levantó su cabeza de la almohada y mostró sobre la sábana un paquete de billetes de Banco, tan grueso como en los tiempos en que las almohadas de las cortesanas podían rentar tales cantidades un año con otro. Raúl llamó a Blondet.

—Lo he comprendido —dijo Blondet—. La bribona ha liquidado sus bienes sin decirnos nada. ¡Bien, ángel mío!

Este rasgo hizo que los pocos amigos que quedaban llevasen a la actriz en triunfo y en paños menores hasta el comedor. El abogado y los banqueros se habían marchado. Por la noche, Florina tuvo un éxito atronador en el teatro. El rumor de su sacrificio había circulado por la sala.

—Yo preferiría que me aplaudiesen por mi talento —le dijo su rival en el saloncillo.

—Es un deseo muy natural en una artista a la que sólo se ha aplaudido hasta ahora por sus bondades —le respondió ella.

Durante la tarde, la doncella de Florina la había instalado en el pasaje

Sandrié, en la vivienda de Raúl. El periodista debía de vivir en la casa en que se estableciesen las oficinas del periódico.

Tal era la rival de la cándida señora de Vandenesse. La fantasía de Raúl unía como con un anillo a la comedianta con la condesa; horrible lazo que una duquesa cortó, bajo Luis XV, haciendo envenenar a la Lecouvreur, venganza muy concebible cuando se piensa en la magnitud de la ofensa.

Florina no constituyó un obstáculo en los comienzos de la pasión de Raúl. Previendo trabacuentas en la difícil empresa que iba a acometer, pidió un permiso de seis meses. Raúl llevó rápidamente la negociación, terminándola de un modo que le granjeó un aumento en la estimación de Florina. Con el sentido común del aldeano de la fábula de La Fontaine, que se procura la cena mientras los patricios platican, la actriz marchó a ramonear por provincias y por el extranjero, para mantener al hombre célebre hasta tanto que se lanzaba a la caza del poder.

Hasta ahora, pocos pintores se han atrevido con el cuadro del amor tal como es en las altas esferas sociales; lleno de grandezas y de miserias ignoradas, terrible en sus deseos reprimidos por los más tontos y vulgares accidentes, y roto con frecuencia por el cansancio. Acaso se le pueda ver aquí por algunas rendijas. A partir del día siguiente al baile dado por lady Dudley, y sin haber hecho ni recibido la más tímida declaración, María se creía amada por Raúl, de acuerdo con el programa de sus sueños, y Raúl se sabía escogido para amante por María. Aunque ni el uno ni el otro hubiesen llegado a ese ocaso en el que hombres y mujeres abrevian los preliminares, los dos marcharon rápidamente al objeto. Raúl, ahíto de goces, tendía al mundo ideal, mientras que María, a la que la idea de una falta estaba muy lejos de acudirle al pensamiento, no se imaginaba poder salir de él. Así, pues, ningún amor fue, de hecho, más inocente ni más puro que el amor de Raúl y de María, pero ninguno fue tampoco más arrebatado ni más delicioso en pensamiento. La condesa había sido asaltada por ideas dignas de los tiempos caballerescos, aunque completamente modernizadas. Según el espíritu de su papel, la repugnancia de su marido hacia Nathan no era un obstáculo para su amor. Cuanta menos estimación hubiera merecido Raúl, más grande se hubiese mostrado ella. La conversación inflamada del poeta había encontrado mayores resonancias en su pecho que en su corazón. La caridad se había despertado a la voz del deseo. Esta reina de las virtudes llegó casi a sancionar a los ojos de la condesa las emociones, los placeres y la acción violenta del amor. Parecióle hermoso ser para Raúl una providencia humana. ¡Qué dulce pensamiento! ¡Sostener con su mano blanca y débil aquel coloso a quien ella no quería verle pies de barro, arrojar vida allí donde faltaba, ser en secreto la creadora de una gran fortuna, ayudar a un hombre de genio a luchar con la suerte domeñándola, bordarle su banda para el torneo, procurarle armas, darle el amuleto contra los sortilegios y el bálsamo para las heridas! En una mujer educada como María lo había sido, religiosa y noble, el amor debía ser una voluptuosa caridad. De aquí procedió la razón de su osadía. Los sentimientos puros se comprometen con un desdén soberbio que se asemeja al impudor de las cortesanas. Desde el punto en que, por un distingo capcioso, estuvo segura de no menoscabar la fe conyugal, la condesa se arrojó plenamente al placer de amar a Raúl. Las menores cosas de la vida pareciéronle entonces encantadoras. Hizo de su boudoir, donde iba a pensar en él, un santuario. No hubo nada, incluso su lindo escritorio, que no despertase en su alma los mil placeres de la correspondencia; iba a tener que leer, que ocultar y que contestar cartas. El tocado, esa magnífica poesía de la vida femenina, agotada o desconocida por ella, reapareció dotada de una magia inadvertida hasta entonces. El tocado se convirtió de repente para ella en lo que es para todas las mujeres: una manifestación constante del pensamiento íntimo, un lenguaje, un símbolo. ¡Cuántos goces cifrados en un adorno meditado para gustarle a él, para honrarle! Entregóse con gran inocencia a esas gentilezas adorables que ocupan tanto lugar en la vida de las parisienses y que prestan amplios significados a todo cuanto veis en su casa, en ellas y en su persona. Muy pocas mujeres acuden a los comercios de sedas, a los modistos y a los buenos artífices por su solo interés. Viejas, ya no piensan en adornarse. Cuando, al pasearos, veáis un rostro detenido durante un instante ante el cristal de un escaparate, examinadlo bien. «¿Me encontrará mejor con esto?», es la frase escrita en las frentes iluminadas, en los ojos radiantes de esperanza y en la sonrisa que juguetea en los labios.

El baile de lady Dudley fue un sábado por la noche. El lunes la condesa marchó a la Ópera, impulsada por la certidumbre de ver allí a Raúl. Raúl estaba, en efecto, plantado en una de las escaleras que descienden a las localidades de anfiteatro. Bajó los ojos cuando la condesa entró en su palco. ¡Con qué delicia notó la señora de Vandenesse el cuidado, nuevo en él, que su amante había puesto en su atuendo! Aquel despreciador de las leyes de la elegancia mostraba una cabellera cuidada, en la que los perfumes relucían en las mil vueltas de sus rizos; su chaleco era de moda, su cuello estaba bien anudado y su camisa presentaba pliegues irreprochables. Bajo el guante amarillo, según la ordenanza en vigor, sus manos pareciéronle muy blancas. Raúl tenía los brazos cruzados sobre su pecho como si estuviese posando para su retrato, magnífico de indiferencia hacia toda la sala y lleno de impaciencia mal contenida. Aunque bajos, sus ojos parecían vueltos hacia el antepecho de terciopelo rojo sobre el que descansaba el brazo de María. Félix, sentado en el otro rincón del palco, volvía entonces la espalda a Nathan. La ingeniosa condesa se había colocado de modo que pudiese dominar la columna en la que se apoyaba Raúl. Así, pues, María había hecho en un momento abjurar a aquel hombre de espíritu de su cinismo en materia de indumentaria. Tanto la más vulgar como la más elevada mujer se extasía al contemplar la primera proclamación de su poder en cualquiera de esas metamorfosis. Todo cambio es una confesión de servidumbre. «Tenían razón, existe una gran fidelidad al saberse comprendida», se dijo pensando en sus detestables maestras. Cuando los dos amantes hubieron abarcado la sala con esa ojeada rápida que lo ve todo, cambiaron una mirada de inteligencia. Fue para uno y otro como si algún rocío celestial hubiese refrescado sus corazones devorados por el fuego de la espera. «Estoy aquí, desde hace una hora, en el infierno, y en este momento los cielos se abren», decían los ojos de Raúl. «Yo ya sabía que estabas aquí, pero ¿soy acaso libre?», decían los ojos de la condesa. Los ladrones, los espías, los amantes, los diplomáticos, en suma, todos cuantos son esclavos, son los únicos en conocer los recursos y los goces de la mirada. Sólo ellos saben todo lo que hay de inteligencia, de dulzura, de ingenio, de cólera y de crimen en las modificaciones de esa luz llena de espíritu. Raúl sintió encabritarse su amor bajo las espuelas de la necesidad, pero también crecer frente a los obstáculos. Entre el escalón en que estaba encaramado y el palco de la condesa Félix de Vandenesse apenas había treinta pasos, y a él le era imposible anular esa distancia. A un hombre lleno de ímpetu, y que hasta entonces había encontrado poco espacio entre un deseo y su satisfacción, aquel abismo de tan fácil paso, aunque infranqueable, inspirábale el deseo de saltar hasta la condesa con un salto de tigre. En un paroxismo de rabia, probó a tantear el terreno. Saludó ostensiblemente a la condesa, que contestó con una de esas ligeras inclinaciones de cabeza llenos de desprecio con que las mujeres quitan a sus adoradores el deseo de insistir. El conde Félix se volvió para ver a quién se dirigía su mujer; distinguió a Nathan, no le saludó, pareció pedirle cuentas por su audacia, y se volvió lentamente diciendo alguna frase con la que aprobaba sin duda el falso desdén de la condesa. La puerta del palco le estaba evidentemente cerrada a Nathan, el cual lanzó a Félix una mirada terrible, que todo el mundo hubiese interpretado como una de las frases de Florina: «¡Muy pronto no vas a poderte poner el sombrero!». La señora de Espard, una de las mujeres más impertinentes de aquel tiempo, lo había visto todo desde su palco; elevó la voz al lanzar alguna frase de aprobación insignificante, y Raúl, por encima del cual se encontraba, acabó por volverse; le saludó y recibió de ella una sonrisa graciosa con la que de tal modo parecía decirle: «¡Si se os echa de allí, venid aquí!», que Raúl abandonó su columna y fue a hacerle una visita a la señora de Espard. Sentía la necesidad de mostrarse allí para enseñarle al insignificante señor de Vandenesse que la fama valía tanto como la nobleza y que ante Nathan todas las puertas blasonadas giraban sobre sus goznes. La marquesa le obligó a sentarse frente a ella, en la delantera del palco. Quería someterle a tormento.

—La señora Félix de Vandenesse está encantadora esta noche —le dijo haciéndole un cumplido por aquel tocado, como podía haberlo hecho por un libro que él hubiese publicado la víspera.

—Sí —dijo Raúl con indiferencia—, los marabús le sientan maravillosamente, pero les es muy fiel; anteayer los llevaba —añadió con aire despreocupado para repudiar con esta crítica la encantadora complicidad de que le acusaba la marquesa.

—¿Conocéis el proverbio? —dijo ella—. No hay fiesta buena que carezca de continuación.

Las celebridades literarias no son siempre tan duchas como las marquesas en el juego de las contestaciones ingeniosas, y Raúl adoptó el partido de hacer el tono, que es el último recurso de las personas de talento.

—El proverbio es cierto para mí —dijo mirando a la marquesa con galantería.

—Querido, vuestra frase llega demasiado tarde para que yo la acepte —replicó riendo—. No seáis tan gazmoño; vamos, ayer por la mañana, en el baile, encontrasteis a la señora de Vandenesse encantadora con sus marabús; ella lo sabe y se los ha vuelto a poner para vos. Os ama y vos la adoráis; es algo rápido, pero no veo en ello nada que no sea natural. Si me engañase, no estaríais retorciendo uno de vuestros guantes como un hombre rabioso por estar a mi lado en lugar de encontrarse en el palco de su ídolo, del que acaba de ser rechazado con un desdén oficial, y por oírse decir en voz baja lo que querría decir a voces. (Raúl retorcía en efecto uno de sus guantes y mostraba una mano asombrosamente blanca.) Ha obtenido de vos —dijo ella mirando aquella mano del modo más impertinente— unos sacrificios que no le hacíais a la sociedad. Debe de estar embriagada con su éxito, que le habrá puesto sin duda orgullosa; pero, en su lugar, yo lo estaría acaso más. No era más que una mujer ingeniosa y va a pasar por ser una mujer de genio. Vos nos la pintaréis en algún libro delicioso como los que sabéis hacer. Querido, no echéis en olvido a Vandenesse, hacedlo por mí. Ciertamente está demasiado seguro de sí. Yo no toleraría ese aire radiante a lo Júpiter Olímpico, el único dios mitológico exento, según dicen, de todo accidente.

—Señora —exclamó Raúl—, me atribuís un alma bien baja si me suponéis capaz de traficar con mis sensaciones y con mi amor. A esa cobardía literaria preferiría yo la costumbre inglesa de echar una cuerda al cuello de una mujer y llevarla al mercado.

—Es que yo conozco a María; ella os lo pedirá.

—Es incapaz de ello —dijo Raúl con calor.

—Entonces, ¿la conocéis bien?

Nathan se echó a reír de sí mismo; de él, autor de escenas, que se había dejado engañar por un juego escénico.

—La farsa se ha pasado de allí —dijo señalando las candilejas—, a este paloo.

Cogió su lente y se puso a examinar la sala para disimular.

—¿Me guardáis rencor? —dijo la marquesa mirándole de reojo—. ¿No hubiera averiguado, de todos modos, vuestro secreto? Haremos con facilidad las paces. Venid a mi casa; recibo todos los miércoles y nuestra querida condesa no dejará de ir ni uno solo en cuanto os encuentre allí. Con ello ganaré. A veces la veo entre las cuatro y las cinco; voy a ser buena, os añado al corto número de favorecidos a quienes admito a esa hora.

—Pues bien —dijo Raúl—, ya veis cómo es el mundo: se dice que sois mala.

—¡Yo! Lo soy de propósito —dijo ella—. ¿No es preciso defenderse? Pero a vuestra condesa la adoro. Estaréis contento de ella, es encantadora. Vais a ser el primero cuyo nombre será grabado en su corazón con esa alegría infantil que lleva a todos los enamorados, incluso a los cabos del ejército, a grabar sus iniciales en la corteza de los árboles. El primer amor de una mujer es un fruto delicioso. Más tarde entra ya la ciencia en nuestras ternuras y en nuestros cuidados. Una mujer vieja como yo puede decirlo todo, no teme ya nada, ni siquiera a un periodista. Pues bien, en el otoño sabemos haceros felices; pero cuando comenzamos a amar somos nosotras las felices y os procuramos así mil goces del orgullo. Entonces todo es en nosotras de un encanto inesperado y el corazón está lleno de inocencia. Sois demasiado poeta para que no prefiráis las flores a los frutos. Ya me lo diréis dentro de seis meses.

Raúl, como todos los criminales, adoptó el sistema de las negativas, pero era tanto como proporcionar armas a aquella fuerte esgrimadora. Trabado pronto en los nudos corredizos de la más ingeniosa y peligrosa de las conversaciones, que es donde sobresalen las parisienses, temió dejarse arrancar confesiones que la marquesa habría explotado al punto para sus burlas y se retiró prudentemente al ver entrar a lady Dudley.

—¡Bueno! —dijo la inglesa a la marquesa—. ¿En qué punto se encuentran?

—Se aman con locura. Nathan acaba de decírmelo.

—Le hubiera querido más feo aún —respondió lady Dudley, que dirigió al conde Félix una mirada de víbora—. Por otra parte, es tal como yo lo quería: hijo de un chamarilero judío, muerto en bancarrota en los primeros días de su matrimonio; pero su madre era católica, y, desgraciadamente, ha hecho de él un cristiano.

De este origen, que Nathan oculta con tanto cuidado, acababa de enterarse lady Dudley y gozaba por adelantado del gusto que experimentaría en sacar de allí algún terrible epigrama contra Vandenesse.

—¡Y yo que acabo de invitarle a ir a mi casa! —dijo la marquesa.

—¿No le he recibido yo ayer? —respondió lady Dudley—. Ángel mío, hay placeres que nos cuestan muy caros.

La noticia de la pasión mutua de Raúl y de la señora de Vandenesse circuló entre la gente durante aquella soirée, no sin suscitar protestas e incredulidades; pero la condesa fue defendida por sus amigas, por lady Dudley y las señoras de Espard y de Manerville, con un calor torpe que pudo contribuir en algo al crédito del rumor. Vencido por la necesidad, Raúl fue el miércoles a casa de la marquesa de Espard, encontrando allí la gente de buen tono que solía acudir. Como Félix no acompañó a su mujer, Raúl pudo cambiar con María algunas frases, más expresivas a causa del acento con que fueron pronunciadas que por sus ideas. La condesa, puesta en guardia contra la maledicencia por la señora Octavio de Camps, había comprendido la importancia de su situación a la faz de la gente y se lo hizo comprender a Raúl.

En medio de aquella hermosa concurrencia, uno y otro tuvieron, pues, por todo placer esas sensaciones tan profundamente saboreadas en tales circunstancias y que están producidas por las ideas, la voz, los gestos y la actitud de una persona amada. El alma se ase con violencia a nonadas. A veces los ojos se prenden, de una y otra parte, en el mismo objeto, incrustando en él, por decirlo así, un pensamiento aprehendido, reaprehendido y comprendido. Se admira en medio de una conversación el pie ligeramente avanzado, la mano que palpita y los dedos ocupados con alguna joya oprimida, abandonada y atormentada de una manera significativa. No son ya ni las ideas ni el lenguaje los que hablan, sino las cosas; hablan tanto que, con frecuencia, un hombre enamorado confía a otros el cuidado de traer una taza, el azucarero para el té o ese no sé qué que pide la mujer a quien ama; todo por miedo a mostrar su turbación a los ojos que parecen no ver nada y lo ven todo. En las miradas pasan, ahogadas miríadas de deseos, de anhelos insensatos y de pensamientos violentos. Allí, la presión de las manos hurtada a los mil ojos de Argos, adquiere la elocuencia de una larga carta y la voluptuosidad de un beso. El amor se alimenta entonces de todo cuanto a sí mismo se veda, y se apoya en todos los obstáculos para hacerse mayor. En fin, esas barreras, con más frecuencia maldecidas que franqueadas, son rotas a hachazos y arrojadas al fuego para alimentarlo. Allí pueden las mujeres medir la magnitud de su poder en la pequeñez a que llega un inmenso amor que se repliega sobre sí mismo y se esconde en una mirada alterada, en una contracción nerviosa o tras de una trivial fórmula de cortesía. ¿Cuántas veces no se ha recompensado, en el último peldaño de una escalera, con una sola palabra, los tormentos ignorados y el lenguaje que parecía no significar nada de toda una velada? Raúl, hombre que se preocupaba poco de la gente, desahogó su cólera en la conversación y estuvo deslumbrador. Todos escuchaban los rugidos inspirados por la contrariedad que los artistas saben tan difícilmente soportar. Aquel furor a lo Roldán, aquel ingenio que lo quebraba y rompía todo, sirviéndose del epigrama como de una maza, embriagó a María y divirtió a la reunión, como si hubiese visto en un coso español un toro cubierto de banderillas y enfurecido.

—Por más que lo derribes todo, no podrás conseguir la soledad en torno a ti —le dijo Blondet.

Esta frase devolvió su presencia de ánimo a Raúl, quien cesó de ofrecer su irritación como espectáculo. La marquesa fue hacia él con una taza de té, y dijo lo bastante alto para que la señora de Vandenesse lo oyera:

—Sois realmente muy divertido; venid alguna vez a verme a las cuatro.

Raúl se sintió ofendido por la palabra divertido, aunque se la hubiese utilizado como pasaporte para la invitación, y se puso a escuchar, como esos actores que miran la sala en lugar de estar en la escena. Blondet se compadeció de él.

—Querido —le dijo llevándoselo a un rincón—, te comportas en el gran mundo como si estuvieras en casa de Florina. Aquí jamás se apasiona uno, no se hacen largos artículos, se dice de vez en cuando una frase ingeniosa, se adopta una actitud tranquila en el momento mismo en que se están experimentando más deseos de arrojar a los contertulios por la ventana, se ironiza suavemente, se simula distinguir a la mujer que se adora, y no se revuelca uno echando los pies por alto, como un burro en medio de la carretera. Aquí, querido, se ama según las fórmulas. O rapta a la señora de Vandenesse, o muéstrate como un gentilhombre. Te estás pareciendo demasiado al amante de una de tus novelas.

Nathan escuchaba con la cabeza baja y estaba como un león cogido en la red.

—No volveré a poner los pies aquí —dijo—. Esta marquesa de papel de estraza me vende un té demasiado caro. ¡Me encuentra divertido! ¡Ahora comprendo por qué Saint-Just guillotinaba a toda esta gente!

—Mañana volverás.

Blondet acertó. Las pasiones son tan cobardes como crueles. Al día siguiente, después de haber vacilado largo tiempo entre: «Iré o no iré», Raúl dejó a sus socios en medio de una discusión importante y corrió al faubourg Saint-Honoré, a casa de la señora de Espard. Al ver entrar el brillante cabriolé de Rastignac, mientras que él estaba pagando a su cochero en la puerta, la vanidad de Nathan se sintió herida, y decidió tener un cabriolé elegante con el obligado lacayito. El carruaje de la condesa estaba en el patio. Al verlo, el corazón de Raúl se hinchó de gozo. María marchaba bajo la presión de sus deseos con la regularidad de una aguja de reloj animada por su muelle. Estaba al lado de la chimenea, en el saloncito, recostada en una butaca. En vez de mirar a Nathan cuando fue anunciado, lo contempló en el espejo, segura de que la dueña de la casa se volvería hacia él. Acosado, como lo está en sociedad, el amor se ve obligado a recurrir a esos pequeños ardides: les da vida a los espejos, a los manguitos, a los abanicos, a una multitud de cosas cuya utilidad no se ha demostrado y que muchas mujeres usan sin utilizarlas.

—El señor ministro —dijo la señora de Espard dirigiéndose a Nathan y señalándole a De Marsay con una mirada— sostenía, en el momento en que entrabais, que los monárquicos y los republicanos se entienden; vos debéis de saber algo.

—Y aunque así fuera —dijo Raúl—, ¿dónde está el mal? Odiamos el mismo objeto, estamos de acuerdo en nuestro odio y diferimos en nuestro amor. Eso es todo.

—Tal alianza es, cuando menos, rara —dijo De Marsay envolviendo en una mirada a la condesa Félix y a Raúl.

—No durará mucho —dijo Rastignac, que pensaba demasiado en la política como todos los recién llegados.

—¿Qué decís de ello, mi querida amiga? —preguntó la señora de Espard a la condesa.

—Yo no entiendo nada de política.

—Ya intervendréis en ella, señora —dijo De Marsay—, y entonces seréis doblemente nuestra enemiga.

Nathan y María no comprendieron la frase hasta que De Marsay se hubo marchado. Rastignac le siguió, y la señora de Espard les acompañó hasta la puerta de su primer salón. Los dos amantes, al verse en posesión de algunos minutos, no pensaron ya en los epigramas del ministro. María tendió su mano, rápidamente desenguantada, a Raúl, que la cogió y la besó como si no hubiese tenido más que dieciocho años. Los ojos de la condesa expresaban una noble ternura, tan total, que a los ojos de Raúl acudió esa lágrima que encuentran siempre a su servicio los hombres de temperamento nervioso.

—¿Dónde veros, dónde poder hablaros? —dijo él—. Me moriría si tuviese continuamente que disfrazar mi voz, mi mirada, mi corazón, mi amor.

Conmovida por aquella lágrima, María prometió ir a pasearse al Bosque siempre que el tiempo no fuese detestable. Esta promesa causó más felicidad a

Raúl que toda la que le había proporcionado Florina en cinco años.

—¡Tengo tantas cosas que deciros! ¡Sufro tanto por el silencio al que estamos condenados!

La condesa le miraba embriagada, sin poder contestarle, cuando la marquesa volvió.

—¿Cómo? ¿No habéis sabido contestarle nada a De Marsay? —dijo al entrar.

—Se debe respetar a los muertos —respondió Raúl—. ¿No veis que está expirando? Rastignac es su enfermero y espera que se acuerde de él en su testamento.

La condesa pretextó unas visitas que debía hacer y quiso salir para no comprometerse. Por aquel cuarto de hora Raúl había sacrificado su tiempo más precioso y sus intereses más palpitantes. María ignoraba aún los detalles de aquella vida de pájaro en la rama, en la que se mezclaban los asuntos más complicados y el trabajo más exigente. Cuando dos seres unidos por un amor eterno llevan una vida que los nudos de la confidencia y el examen en común de las dificultades surgidas estrechan más cada día; cuando dos corazones cambian por la noche o por la mañana sus lamentos, como la boca cambia los suspiros, y esperan con la misma ansiedad y palpitan juntos a la vista de un obstáculo, todo tiene importancia entonces: una mujer sabe cuánto amor se encierra en un retraso evitado, cuántos esfuerzos en una gestión fuera de casa, hecha rápidamente; se ocupa, va, viene, espera, se agita con el hombre ocupado y atormentado; sus frases de impaciencia se las dirige a las cosas; ya no duda, y conoce y aprecia los detalles de la vida. Pero en los comienzos de una pasión en la que se despliega tanto ardor, desconfianzas y exigencias, y en la que no se conoce el uno al otro; con mujeres que exageran su dignidad y quieren ser obedecidas en todo, incluso cuando ordenan cometer una falta con la que se arruina un hombre, el amor supone en París, y en nuestra época, trabajos imposibles. Las mujeres de mundo permanecen bajo el imperio de las tradiciones del siglo XVIII, en el que cada cual tenía una situación segura y definida. Pocas mujeres conocen los apuros de la existencia de la mayoría de los hombres, que tienen todos una posición que lograr, una gloria que cimentar y una fortuna que consolidar. Hoy los hombres cuya fortuna está afirmada son escasos; únicamente los viejos tienen tiempo para amar, pues los jóvenes reman en las galeras de la ambición, como remaba Nathan. Las mujeres, poco resignadas todavía a ese cambio de las costumbres, atribuyen el tiempo que a ellas les sobra a quienes no disponen del suficiente; no imaginan otras ocupaciones ni otras metas que las suyas. Aunque el amante hubiese vencido a la hidra de Lerna para llegar, no tiene el menor mérito; todo se borra ante la felicidad de verle; no se le agradecen más que sus emociones, sin inquietarse de lo que cuesten. Si han inventado en sus horas de ocio una de esas estratagemas que suelen tener como de encargo, la hacen brillar como si se tratase de una joya. Habéis estado violentando los barrotes de hierro de alguna necesidad mientras ellas se calzaban los mitones y se envolvían en el manto de la astucia; suya es la palma, no se la disputéis. Tienen, además, su razón: ¿cómo no romperlo todo por una mujer que lo rompe todo por vos? Exigen tanto como dan. Raúl se dio cuenta al volver de cuán difícil le iba a ser llevar adelante un amor en la alta sociedad, el carro de diez caballos del periodismo, sus obras de teatro y sus asuntos empantanados.

—El periódico va a salir detestable esta noche —dijo al irse—, no llevará artículo mío, ¡y es el segundo número!

La señora Félix de Vandenesse fue tres veces al bosque de Bolonia sin ver en él a Raúl, y volvía desesperada e inquieta. Nathan no quería aparecer sino en todo el esplendor de un príncipe de la Prensa. Empleó toda la semana en buscar dos caballos, un cabriolé y un lacayito a propósito, en convencer a sus socios de la necesidad de ahorrar un tiempo tan precioso como el suyo y en hacer que se consignara su coche y accesorios en los gastos generales del periódico. Sus socios, Massol y Du Tillet, accedieron con tanta complacencia a su petición, que los consideró como los mejores chicos del mundo. Sin esta ayuda, la vida se le hubiera hecho imposible a Raúl; pero fue entonces tan ruda, aunque se le mezclaran los goces más delicados del amor ideal, que muchos, aun los más robustos, no hubiesen podido soportar tal desgaste. Una pasión violenta y afortunada ocupa mucho tiempo en una existencia corriente, pero cuando su objeto es una mujer de la posición de la señora de Vandenesse, devora la vida de un hombre atrafagado como Raúl. Veamos ahora las obligaciones que su pasión anteponía a todas las demás. Le era preciso encontrarse casi todos los días en el bosque de Bolonia, entre dos y tres de la tarde, y con el aspecto del más ocioso gentleman. Allí se enteraba en qué casa y en qué teatro volvería a ver por la noche a la señora de Vandenesse. No dejaba los salones hasta la medianoche, después de haber atrapado algunas frases largo tiempo esperadas y algunas briznas de ternura hurtadas a los ojos de todos por debajo de la mesa, entre dos puertas o en el momento de subir al coche. La mayor parte del tiempo, María, que le había lanzado al gran mundo, hacía que le invitasen a cenar en algunas casas a las que iba. ¿No era todo esto bien sencillo? Por orgullo, y arrastrado por su pasión, Raúl no se atrevía a hablar de sus trabajos. Tenía que obedecer a los deseos más caprichosos de aquella inocente soberana y seguir los debates parlamentarios, el torrente de la política, vigilar la dirección del periódico y poner en escena dos obras cuyos derechos de autor le eran indispensables. Bastaba con que la señora de Vandenesse hiciera un ligero mohín cuando él pretendía eludir su asistencia a un baile, a un concierto o a un paseo, para que él sacrificase sus intereses a su placer. Cuando salía de una soirée, entre la una y las dos de la mañana, se ponía a trabajar hasta las ocho o las nueve; dormía apenas, y se despertaba para concertar las opiniones del periódico con las personas influyentes de las que dependía y para discutir los mil asuntos de orden interno. El periodismo se ocupa de todo en esta época: de la industria, de los intereses públicos y privados, de las nuevas empresas, de todos los sentimientos de amor propio de la literatura y de sus productos. Cuando, fatigado y destrozado, corría Nathan de su despacho de la redacción al teatro, del teatro a la Cámara, y de la Cámara a casa de algunos acreedores, tenía que aparecer tranquilo ante María y galopar a su estribo con el abandono de un hombre sin preocupaciones, que no pasa más fatigas que las de su dicha. Y cuando, como premio de tantos sacrificios ignorados, no obtuvo sino las palabras más dulces y las promesas más delicadas de un afecto eterno, ardientes presiones de mano logradas durante algunos segundos de soledad y frases apasionadas a cambio de las suyas, se consideró defraudado en cierto modo al dejar que se siguiese ignorando el precio enorme al que pagaba aquellos pequeños gajes, como hubieran dicho nuestros padres. No se hizo esperar la ocasión de hablar con claridad. Un hermoso día del mes de abril, la condesa aceptó el brazo de Nathan en un lugar apartado del bosque de Bolonia; ella tenía que hacerle una de esas lindas escenas a propósito de nonadas, sobre las cuales las mujeres saben levantar montañas. En vez de recibirle con la sonrisa en los labios, la frente iluminada por la felicidad y los ojos animados por algún pensamiento delicado y alegre, se mostró seria y grave.

—¿Qué os pasa? —le dijo Nathan.

—No hagáis caso de estas bobadas —contestó ella—; ya debéis saber que las mujeres somos unas niñas.

—¿Os he desagradado?

—¿Estaría yo entonces aquí?

—Sí, pero no me sonreís y no parecéis contenta por verme.

—Queréis decirme que estoy mohína con vos, ¿no es eso? —dijo ella mirándole con ese aire sumiso con el que las mujeres se colocan en actitud de víctimas.

Nathan dio algunos pasos, dominado por una duda que le oprimía el corazón y le entristecía.

—Será —dijo tras un momento de silencio— alguno de esos temores frívolos, de esas sospechas sombrías que anteponéis a las cosas de más importancia en la vida. ¡Poseéis el arte de hacer inclinarse el mundo sólo con lanzar en él una brizna de paja, una viruta!

—¿Ironías?… Ya lo esperaba —dijo ella bajando la cabeza.

—María, ¿no ves, ángel mío, que he dicho esas palabras para arrancarte tu secreto?

—Mi secreto seguirá siendo un secreto aun después de haber sido confiado.

—Pues bien, di…

—No soy amada —replicó ella lanzándole esa mirada oblicua y sutil con que las mujeres interrogan tan maliciosamente al hombre a quien quieren atormentar.

—¿Que no sois amada?… —exclamó Nathan.

—Sí, os ocupáis de demasiadas cosas. ¿Qué soy yo en medio de todo ese tráfago, olvidada a cada momento? Ayer vine al Bosque, os estuve esperando…

—Es que…

—Me había puesto un vestido nuevo para vos y no vinisteis. ¿Dónde estabais?

—Es que…

—Yo no lo sabía. Voy a casa de la señora de Espard y no os encuentro tampoco.

—Es que…

—Por la noche, en la Ópera, mis ojos no se han separado del balcón. Cada vez que la puerta se abría, sentía unas palpitaciones que parecía iba a salírseme el corazón.

—Es que…

—¡Qué noche! No podéis figuraros una de esas tempestades del corazón.

—Es que…

—La vida se destroza con estas emociones…

—Es que…

—¡Bien! ¿Qué? —dijo ella.

—Sí, la vida se destroza —dijo Nathan—, y vos habréis devorado en algunos meses la mía. Vuestros reproches insensatos me arrancan también mi secreto —dijo él—. ¡Ah! ¿No sois amada?… Lo sois demasiado.

Describió con vivos colores su situación, contó sus vigilias, detalló sus obligaciones a hora fija, la necesidad de triunfar, las exigencias insaciables de un periódico en el que se estaba obligado a juzgar, antes que nadie, los acontecimientos sin engañarse, bajo pena de perder el poder; finalmente, los innumerables estudios rápidos sobre las cuestiones, que pasaban también tan rápidas como las nubes en aquella época tumultuosa.

Raúl cometió una equivocación en un momento. La marquesa de Espard se lo había dicho: nada más ingenuo que un primer amor. Quería decir, pues, que la condesa era culpable de amar demasiado. Una mujer enamorada contesta a todo con un nuevo goce, con una confesión o con un halago. Al ver desenvolverse a sus ojos aquella vida inmensa, la condesa se estremeció de admiración. Se había imaginado a Nathan muy grande y lo encontró sublime. Se acusó a sí misma de amar demasiado, le rogó que viniese a sus horas y allanó aquellos trabajos de ambicioso con una mirada dirigida al cielo. ¡Ella esperaría! En adelante sacrificaría sus goces. ¡Habiendo querido ser sólo un escalón, era un obstáculo!… Y lloró de desesperación.

—Las mujeres —dijo con lágrimas en los ojos— no pueden hacer otra cosa que amar. Los hombres tienen mil medios de obrar; pero nosotras sólo podemos pensar, rezar y adorar.

Amor tan grande merecía, una recompensa. Ella miró, como un ruiseñor que quiere bajar desde su rama a una fuente, si estaba sola en la soledad y si en el silencio no se escondía algún testigo; luego, levantó el rostro hacia Raúl, que inclinó el suyo, y le dejó coger un beso, el primero, el único que ella diera fraudulentamente; y se sintió más feliz en aquel momento de lo que lo había sido en los últimos cinco años. Raúl consideró pagados todos sus trabajos. Los dos marchaban por el camino de Auteuil a Boulogne sin tener demasiada noción de a dónde iban, y se vieron obligados a volver hacia sus coches, andando con ese paso igual y cadencioso que conocen los amantes. Raúl tuvo fe en aquel beso entregado con la facilidad decente que presta la santidad del sentimiento. Todo el mal procedía de la sociedad y no de aquella mujer tan enteramente suya. Raúl no lamentó ya los tormentos de su vida desesperada; María había de olvidar al fuego de su primer deseo, como todas las mujeres que no ven continuamente el terrible debatirse de esas existencias excepcionales. Presa de la admiración agradecida que distingue la pasión en la mujer, María corría con un paso deliberado y ágil sobre la fina arena de una avenida exterior, pronunciando, como Raúl, pocas palabras, pero sentidas y certeras. El cielo estaba límpido, los gruesos árboles retoñaban y algunas puntas verdes animaban ya sus mil pinceles obscuros. Los arbustos, los abedules, los sauces y los álamos mostraban su primer y tierno follaje, diáfano aún. No hay alma que se resista a semejantes armonías. El amor explicaba la naturaleza a la condesa, como le había explicado la sociedad.

—¡Querría que no hubieseis amado jamás sino a mí! —dijo ella.

—Vuestro deseo se ha realizado —respondió Raúl—. Nos hemos revelado el uno al otro el verdadero amor.

Y decía la verdad. Al colocarse en la actitud de un hombre puro ante aquel joven corazón, Raúl se había dejado enredar por sus propias frases matizadas de hermosos sentimientos. Puramente especuladora y vanidosa en los comienzos, su pasión había llegado a ser sincera. Había empezado por mentir y acababa diciendo la verdad. Hay, por otra parte, en todo escritor un sentimiento difícilmente ahogado que le lleva a la admiración de la hermosura moral. Finalmente, a fuerza de hacer sacrificios, un hombre se interesa por el ser que se los exige. Las mujeres de mundo, igual que las cortesanas, tienen el instinto de esta realidad y acaso la practican incluso sin conocerla. Por esta razón, la condesa, pasado su primer impulso de agradecimiento y de sorpresa, quedó encantada por haber inspirado tantos sacrificios y haber hecho vencer tantas dificultades. Era amada por un hombre digno de ella. Raúl ignoraba hasta qué punto le comprometería su falsa grandeza, pues las mujeres no le toleran a su amante que descienda de su pedestal. María no conocía la clave de aquel enigma que Raúl le había revelado a sus amigos en la cena en el restaurante de Véry. Los diez primeros años de la juventud de aquel escritor salido de las últimas filas, habían sido consumidos en una continua lucha, y quería ser amado por una de las reinas de la buena sociedad. La vanidad, sin la cual, como ha dicho Chamfort, el amor es bien frágil, sostenía su pasión y debía aumentarla de día en día.

—¿Podéis jurarme —dijo María— que no sois ni seréis jamás de ninguna mujer?

—No habría ya más tiempo en mi vida para otra mujer que sitio en mi corazón —respondió él sin creer decir una mentira, pues hasta tal punto despreciaba a Florina.

—Os creo —dijo ella.

Llegados a la avenida en que esperaban los coches, María soltó el brazo de Nathan, que adoptó una actitud respetuosa como si acabara de encontrársela; la acompañó, sombrero en mano, hasta su coche y luego la siguió por la avenida de Carlos X, respirando el polvo que levantaba la carretela y mirando las plumas que caían como un sauce llorón y que el viento agitaba fuera del coche. Pese a las nobles renunciaciones de María, Raúl, excitado por su pasión, se encontró en todas partes a las que ella iba; adoraba el aire, a la vez descontento y feliz, que tomaba la condesa para regañarle sin poder hacerlo, viéndole disipar aquel tiempo que le era tan necesario.

María tomó la dirección de los trabajos de Raúl, le intimó órdenes formales sobre el empleo de sus horas y permaneció en su casa para quitarle todo pretexto de distracción. Leía todas las mañanas el periódico y se convirtió en el heraldo de la gloria de Esteban Lousteau, el folletinista, a quien encontraba maravilloso, de Feliciano Vernou, de Claudio Vignon y de todos los redactores. Le dio a Raúl el consejo de que hiciese justicia a De Marsay cuando murió, y leyó con entusiasmo el hermoso y gran elogio que Raúl hizo del ministro muerto, sin dejar de vituperar su maquiavelismo y su odio por las masas. Asistió ella naturalmente, desde un proscenio del teatro del Gimnasio, a la primera representación de la obra con la que Nathan contaba para sostener su empresa, y cuyo éxito pareció inmenso. Dejóse engañar por los aplausos pagados.

—¿No habéis venido a despediros de los Italianos? —le preguntó lady Dudley, a casa de la cual marchó después de terminada la representación.

—No; he ido al Gimnasio. Había un estreno.

—No puedo aguantar el vaudeville. Soy para eso como Luis XIV para los Teniers —dijo lady Dudley.

—Yo —respondió la señora de Espard— encuentro que los autores han progresado. Los vaudevilles son hoy comedias encantadoras, llenas de ingenio y que exigen mucho talento, y yo me divierto bastante con ellos.

—Los actores son, por otra parte, excelentes —dijo María—. Los del Gimnasio han estado muy bien esta noche; la obra les gustaba y el diálogo es fino e ingenioso.

—Como el de Beaumarchais —dijo lady Dudley.

—El señor Nathan no ha llegado todavía a ser Molière, pero… —dijo la señora de Espard mirando a la condesa.

—Hace vaudevilles —dijo la señora Carlos de Vandenesse.

—Y deshace ministerios —replicó la señora de Manerville.

La condesa guardó silencio; intentaba contestar con epigramas acerados; sentía el corazón agitado por la rabia y no encontró nada mejor, que decir:

—Los hará, quizá.

Todas las mujeres cambiaron una mirada de misteriosa inteligencia.

Cuando María de Vandenesse se hubo marchado, Moina de Saint-Héreen exclamó:

—¡Adora a Nathan!

—No anda con tapujos —dijo la señora Espard.

Llegó el mes de mayo y Vandenesse se llevó a su mujer a sus tierras, donde no tuvo más consuelo que el de las cartas apasionadas de Raúl, a quien ella escribía todos los días.

La ausencia de la condesa hubiera podido salvar a Raúl del abismo en el que había puesto el pie, de haber tenido a Florina a su lado; pero estaba solo, en medio de amigos que se habían convertido en sus enemigos secretos en cuanto él manifestó su intención de dominarlos. Sus colaboradores le odiaban momentáneamente, dispuestos a tenderle la mano y a consolarle en el caso de que cayese, y dispuestos a adorarle en el caso de que triunfase. Así es el mundo literario. En él sólo se quiere a los inferiores. Cada cual es enemigo de cualquiera que tienda a subir. Esta envidia general decuplica las posibilidades de los mediocres, que no suscitan envidias ni sospechas, hacen su camino al modo de los topos, y, por muy tontos que sean, se encuentran colocados en el Moniteur en tres o cuatro puestos en el momento en que los hombres de talento luchan todavía unos con otros, a la puerta, para impedirse la entrada. La sorda enemistad de aquellos pretendidos amigos, cuya pista hubiese rastreado Florina con la ciencia innata de las cortesanas para adivinar la verdad entre mil hipótesis, no era el mayor peligro que acechaba a Raúl. Sus dos socios, Massol el abogado y Du Tillet el banquero, habían decidido enganchar su fogosidad al carro en que ellos se pavoneaban, arrebatarle el periódico en cuanto ya no pudiese alimentarlo, o privarle de aquel gran poder en el momento en que quisiesen utilizarlo. Nathan representaba para ellos una determinada cantidad de dinero que devorar y una fuerza literaria que emplear, del valor de diez plumas. A Massol, uno de esos abogados que toman por elocuencia la facultad de hablar indefinidamente, que poseen el secreto de aburrir, digan lo que digan, siendo la peste de las asambleas, en las que todo lo vuelven mezquino, y que quieren hacerse personajes a toda costa, no le seducía ya la perspectiva de ser guardasellos: había visto sucederse cinco o seis en cuatro años y esto le quitó la gana de vestir la toga de ceremonias. Para abrir boca pretendió una cátedra en Instrucción Pública y un puesto en el Consejo de Estado, todo ello con el aditamento de la cruz de la Legión de Honor. Du Tillet y el barón de Nucingen le habían garantizado, si les secundaba, la cruz y su nombramiento de relator. Él los consideró mejor situados, para poder cumplir sus promesas, que a Nathan, y les obedecía ciegamente. Para engañar mejor a Raúl, dejábanle ejercer el poder sin intervención ni vigilancia por su parte. Du Tillet no utilizaba el periódico sino para sus intereses de agiotaje, de los que Raúl no entendía nada; pero le había hecho ya saber a Rastignac, por el barón de Nucingen, que el diario sería tácitamente complaciente con el poder, con la única condición de apoyar su candidatura para reemplazar al señor Nucingen, futuro par de Francia, y que había sido elegido en una especie de burgo podrido: un colegio con pocos electores, al que el periódico fue enviado gratis con profusión. De este modo engañaban a Raúl el banquero y el abogado, los cuales le veían, con infinito placer, hacer de amo y señor del periódico, aprovechándose de todas sus ventajas y percibiendo todos los frutos de amor propio y de otras clases.

Nathan, encantado con ellos, los consideraba, como en los días de su petición de fondos ecuestres, los mejores muchachos del mundo, y creía estarlos engañando.

Jamás quieren confesarse los hombres de imaginación, para los cuales la esperanza es la esencia de su vida, que, en los negocios, el momento más peligroso es aquel en el que todo va de acuerdo con sus deseos. Hubo un momento de triunfo del que se aprovechó, por otra parte, Nathan, quien se dio a conocer entonces en el mundo político y financiero, y Du Tillet le presentó en casa de Nucingen. La señora de Nucingen acogió a Raúl maravillosamente, menos por él que por la señora de Vandenesse; pero cuando ella le dijo algunas palabras acerca de la condesa, creyó él hacer algo maravilloso, convirtiendo a Florina en un biombo, y se extendió con una fatuidad generosa acerca de sus relaciones con la actriz, imposibles de romper. ¿Se abandona una dicha segura por las coqueterías del faubourg Saint-Germain? Nathan, engañado por Nucingen y Rastignac, por Du Tillet y Blondet, prestó su apoyo ostensiblemente a los doctrinarios para la formación de uno de sus gabinetes efímeros. Además, para llegar puro a los negocios, desdeñó con ostentación aceptar algunas ventajas en empresas que se formaron con ayuda de su periódico, él que no se andaba con miramientos para comprometer a sus amigos y para portarse de un modo poco delicado con algunos industriales en ciertos momentos críticos. Estos contrastes, engendrados por su vanidad y por su ambición, se encuentran también en muchas existencias semejantes. Como la capa debe aparecer espléndida ante el público, se coge paño en casa de los amigos para tapar sus agujeros. Sin embargo, dos meses después de la partida de la condesa, Raúl tuvo un mal cuarto de hora que le causó algunas inquietudes en medio de su triunfo. Du Tillet era acreedor por cien mil francos. El dinero dado por Florina, tercera parte de su primera entrega, había sido devorado por el fisco y por los gastos de apertura, que fueron enormes. Había que prever el porvenir. El banquero le hizo un favor al escritor aceptando letras de cambio por un valor de cincuenta mil francos, a cuatro meses. De este modo, Du Tillet tenía sujeto a Raúl con el ronzal de las letras de cambio. Por medio de este suplemento el periódico contaba con un fondo para seis meses, Seis meses, a los ojos de algunos escritores, son una eternidad. Por otra parte, a golpe de anuncios, a fuerza de viajantes, y ofreciendo ventajas ilusorias a los suscriptores, se habían reclutado dos mil. Este medio éxito animaba a arrojar en aquel brasero los billetes de Banco. Un poco más de talento, surge un proceso político y una persecución aparente, y Raúl se convierte en uno de esos condottieri modernos cuya tinta vale hoy lo que la pólvora de antaño. Desgraciadamente, esto se había conseguido cuando Florina volvió con cincuenta mil francos sobre poco más o menos. En lugar de crearse un fondo de reserva, Raúl, seguro del éxito y considerándolo indefectible, humillado ya por haber aceptado el dinero de la actriz, sintiéndose interiormente engrandecido por su amor y deslumbrado por los capciosos elogios de sus cortesanos, engañó a Florina respecto a su situación y la obligó a que emplease aquella cantidad en volver a montar su casa. En las circunstancias actuales era necesaria una representación que tuviese magnificencia. La actriz, que no tenía necesidad de que la excitasen, cargó con treinta mil francos de deudas. Florina tuvo una casa deliciosa por completo suya, en la calle Pigalle, a la que volvió su antiguo círculo de amistades. La casa de una cortesana de la categoría de Florina era un terreno neutral muy favorable a los políticos ambiciosos que negociaban, como Luis XIV en terreno holandés, sin Raúl en casa de Raúl. Nathan había reservado a la actriz, para su reaparición, una obra cuyo papel principal le cuadraba admirablemente. Este melodrama debía ser la despedida de Raúl del teatro. Los periódicos, a los que esta atención hacia Raúl no les costaba nada, prepararon una ovación tal a Florina, que la Comedia Francesa habló de un contrato. Las críticas señalaban a Florina como la heredera de la señorita Mars. Este triunfo aturdió lo bastante a la actriz para impedirle estudiar el terreno por el que marchaba Nathan, y vivió en un mundo de fiestas y de festines. Reina de aquella corte llena de pedigüeños apremiantes en torno suyo, éste para su libro, aquél para su obra, el otro para su bailarina, el de más allá para su teatro, para su empresa o para un reclamo, ella se abandonaba a todos los goces del poder de la Prensa, viendo en ello la aurora del crédito ministerial. Si se oía a los que acudieron a su casa, Nathan era un gran político. Nathan había acertado en su empresa y sería ciertamente ministro durante algún tiempo, como tantos otros. Las actrices se niegan difícilmente a quien les halaga. Florina tenía demasiado talento, según el crítico, para que desconfiase del periódico y de los que lo hacían. Conocía demasiado poco el mecanismo de la Prensa, para inquietarse por los medios. Las mujeres del temple de Florina no ven jamás sino los resultados. En cuanto a Nathan, creyó, desde luego, que en la próxima legislatura llegaría al poder con dos viejos periodistas, uno de los cuales, ministro entonces, intentaba derribar a sus colegas para consolidarse él. Después de seis meses de ausencia, Nathan volvió a ver a Florina con gusto y cayó de nuevo indolentemente en sus viejas costumbres. Bordó en secreto, con las flores más bellas de su pasión ideal y con los placeres que derramaba Florina, la pesada trama de su vida. Sus cartas a María eran obras maestras de amor, de gracia y de estilo. Nathan hacía de ella la luz de su vida y no emprendía nada sin consultar su genio maléfico. Pesaroso de encontrarse del lado popular, quería a veces abrazar la causa de la aristocracia; pero, pese a su costumbre de los equilibrios, veía una imposibilidad absoluta en saltar de la izquierda a la derecha; más fácil era llegar a ministro.

Las valiosas cartas de María estaban encerradas en una de esas carteras con secreto regaladas por Huret o Fichet, por uno de los dos mecánicos que luchaban, a fuerza de anuncios y de carteles distribuidos por París, por cuál de los dos haría las cerraduras más imposibles de forzar y más discretas. La cartera se encontraba en el nuevo boudoir de Florina, en el que trabajaba Raúl. Nadie es más fácil de engañar que una mujer a la que se tiene la costumbre de decírselo todo; no desconfía de nada y cree verlo y saberlo todo. Además, después de su vuelta, la actriz era testigo de la vida de Nathan y no encontraba en ella irregularidad alguna. Jamás hubiese imaginado que aquella cartera, entrevista apenas y manejada con naturalidad, contuviese unos tesoros de amor, las cartas de una rival, que, a petición de Raúl, la condesa dirigía a la oficina del periódico. La situación de Nathan parecía brillante en extremo. Tenía muchos amigos. Dos obras escritas en colaboración y que acababan de lograr sendos éxitos, le daban lo suficiente para mantener su lujo y le quitaban toda preocupación en cuanto al porvenir. Además, no se inquietaba en modo alguno por su deuda con Du Tillet, su amigo.

—¿Cómo desconfiar de un amigo? —decía, cuando algunas veces Blondet se permitía algunas dudas, arrastrado por su costumbre de analizarlo todo.

—Pero no tenemos tampoco que desconfiar de nuestros enemigos —decía Florina.

Nathan defendía a Du Tillet. Du Tillet era el mejor, el más condescendiente y el más probo de los hombres. Aquella existencia de bailarín en la cuerda floja, sin balancín, hubiese asustado a todo el mundo, incluso a un indiferente, de haber penetrado el misterio; pero Du Tillet la contemplaba con el estoicismo y los ojos fríos de un advenedizo. En la amistosa cordialidad de su proceder con Nathan había una ironía atroz. Un día, mientras le contemplaba subir a su cabriolé, después de estrechar su mano, al salir de casa de Florina, le dijo a Lousteau, el envidioso por excelencia:

—Va al bosque de Bolonia con un tren magnífico, y dentro de seis meses estará quizá en Clichy.

—¿Él? ¡Jamás! —exclamó Lousteau—. Para eso está Florina.

—Y ¿quién te dice, hijo mío, que va a conservarla? En cuanto a ti, que vales mil veces lo que él, serás sin duda nuestro redactor en jefe dentro de seis meses.

En octubre vencieron las letras de cambio, y Du Tillet las renovó amablemente, aunque por dos meses y con el aumento del interés y de un nuevo préstamo. Seguro de la victoria, Raúl metía la mano hasta el codo. La señora Félix de Vandenesse iba a volver dentro de algunos días, un mes antes que de costumbre, atraída por un deseo desenfrenado de ver a Nathan, que no quiso estar a merced de un apuro monetario en el momento en que iba a reanudar su vida militante. La correspondencia, en la cual la pluma es siempre más atrevida que la palabra, y en la que el pensamiento revestido de sus flores lo trata todo y puede decirlo todo, había hecho llegar a la condesa al grado más alto de la exaltación; veía en Raúl a uno de los más claros genios de la época, un corazón exquisito y desconocido, sin mácula y digno de adoración, y le veía alargar una mano osada al festín del poder. Muy pronto aquella palabra, tan hermosa en amor, resonaría en la tribuna. María no vivía ya sino de aquella vida de círculos entrelazados, como los de una espera, y en el centro de los cuales está el mundo. Sin gusto para las tranquilas dichas del hogar, recibía las agitaciones de aquella vida de torbellino, comunicadas por una pluma hábil y amorosa. Besaba las cartas escritas en medio de las batallas libradas por la Prensa y en horas hurtadas al estudio; estimaba todo su valor, estaba segura de ser amada exclusivamente y de no tener como rivales más que la gloria y la ambición, y encontraba empleo en el fondo de su soledad para todas sus potencias; era dichosa por haber sabido elegir: Nathan era un ángel. Felizmente, su retiro en sus posesiones y las barreras que existían entre ella y Raúl habían llegado a extinguir las maledicencias de la gente. Durante los últimos días del otoño, María y Raúl reanudaron sus paseos por el bosque de Bolonia, único sitio donde podían verse hasta el momento en que se abriesen de nuevo los salones. Raúl pudo saborear con alguna mayor facilidad los puros y exquisitos goces de su vida ideal y ocultársela a Florina: trabajaba algo menos, las cosas iban por sí solas en el periódico y cada redactor conocía su labor. Involuntariamente hizo comparaciones, todas ellas favorables para la actriz, sin que, no obstante, saliese perdiendo en ellas la condesa.

Destrozado de nuevo por las maniobras a las que le condenaba su pasión de corazón y de cabeza por una mujer del gran mundo, Raúl sacó fuerzas sobrehumanas para estar a la vez en tres teatros: el gran mundo, el periódico y las bambalinas. En el momento en que Florina, que le estaba agradecida por todo, y que casi compartía sus trabajos y sus inquietudes, aparecía y desaparecía oportunamente y vertía sobre él a raudales una dicha real, sin frases y sin acompañamiento alguno de remordimientos, la condesa, de ojos insaciables y casto pecho, olvidaba sus trabajos gigantescos y las dificultades arrostradas con frecuencia para verla un instante. En vez de dominar, Florina se dejaba tomar, dejar y volver a tomar, con la complacencia de un gato que cae siempre sobre sus patas y sacude sus orejas. Tal facilidad de costumbres se compagina de un modo admirable con el género de vida de los hombres intelectuales; y todo artista se hubiese aprovechado de ella, como lo hacía Nathan, sin abandonar la prosecución de aquel bello amor ideal y de aquella pasión espléndida que hechizaba sus instintos de poeta, sus grandezas secretas y sus vanidades sociales. Convencido de la catástrofe que podría originar una indiscreción, decíase: «¡Ni la condesa ni Florina sabrán nunca nada!». ¡Estaban tan lejos la una de la otra! A la entrada del invierno reapareció Raúl en sociedad, en todo su apogeo: era casi un personaje. Rastignac, que había caído con el ministerio dislocado por la muerte de De Marsay, se apoyaba en Raúl y le apoyaba con sus elogios. La señora de Vandenesse quiso saber entonces si su marido había modificado su opinión sobre Nathan. Pasado un año, le interrogó de nuevo, creyendo que iba a tomarse uno de esos desquites rotundos que agradan a todas las mujeres, aun a las más nobles y menos terrenas, ya que se puede apostar, sin temor a perder, que los ángeles tienen también amor propio al colocarse por orden de jerarquía en torno al Santo de los Santos.

—Sólo le faltaba ser víctima de los intrigantes —contestó el conde.

Félix, a quien el trato de la gente y el conocimiento de la política permitían ver claro, había adivinado la situación de Raúl. Explicó tranquilamente a su mujer que la tentativa de Fieschi había tenido por resultado ligar con más fuerza a muchas personas tibias a los intereses amenazados en la persona del rey Luis Felipe. Los periódicos sin color definido perderían sus suscriptores, pues el periodismo iba a simplificarse con la política. Si Nathan había puesto su fortuna en su periódico, muy pronto caería. Aquel golpe de vista tan preciso y claro, aunque sucinto y dirigido con la intención de profundizar en una cuestión carente de interés, por un hombre que sabía calcular las posibilidades de éxito de todos los partidos, asustó a la señora de Vandenesse.

—¿Os interesáis mucho por él? —preguntó Félix a su mujer.

—Como por un hombre cuyo ingenio me entretiene y cuya conversación me agrada.

Esta respuesta fue hecha con tanta naturalidad, que el conde no sospechó nada. Al día siguiente, a las cuatro, María y Raúl tuvieron una larga conversación en voz baja en casa de la señora de Espard. La condesa expresó unos temores que Raúl desvaneció, muy contento de abatir con epigramas la grandeza conyugal de Félix. Nathan tenía que tomarse un desquite, y describió al conde como un espíritu mezquino, como un hombre atrasado, que quería juzgar la revolución de Julio por el patrón de la Restauración y que se negaba a admitir el triunfo de la clase media, fuerza nueva de la sociedad, temporal o durable, pero real. Ya no había grandes señores posibles y el reinado de las verdaderas eminencias llegaba. En vez de analizar las opiniones indirectas e imparciales de un hombre político interrogado sin pasión, Raúl alardeó, se encaramó en su orgullo y se envolvió en la púrpura de su éxito. ¿Qué mujer no cree más a su amante que a su marido?

La señora de Vandenesse, tranquilizada, recomenzó aquella vida de excitaciones contenidas, de pequeños goces escondidos, de manos que se oprimen clandestinamente; que había sido su alimento el invierno anterior, pero que acaba por arrastrar a una mujer más allá de los límites cuando el hombre a quien ama es algo resuelto y se impacienta por los obstáculos.

Afortunadamente para ella, Raúl, moderado por Florina, no era peligroso. Además, se vio ocupado por intereses que no le permitieron aprovechar su dicha. Sin embargo, una desgracia repentina que le ocurriese a Nathan, unos obstáculos renovados o una impaciencia podían precipitar a la condesa a un abismo. Raúl vislumbraba tales disposiciones en María cuando a fines de diciembre Du Tillet quiso ser pagado. El rico banquero, que decía encontrarse en una dificultad, le dio a Raúl el consejo de tomar prestada la cantidad por quince días a un usurero, Gigonnet, la providencia al veinticinco por ciento de todos los jóvenes en apuros. Dentro de algunos días, el periódico iba a hacer su gran renovación de suscripciones de enero, habría dinero en la caja y Du Tillet vería. Además, ¿por qué no escribía Nathan una nueva obra? Nathan, por orgullo, quiso pagar a toda costa. Du Tillet dio a Raúl una carta para el usurero, leída la cual, le prestó Gigonnet las cantidades contra letras de cambio a veinte días. En vez de averiguar las razones de semejante facilidad, Raúl lamentó no haber pedido más. Éste es el modo de comportarse los hombres más notables por la fuerza de su cerebro; ven motivo para burlas en un hecho grave, parecen reservar su inteligencia para sus obras, y, por miedo a gastarla, no la emplean en las cosas de la vida. Raúl refirió lo hecho aquella mañana a Florina y a Blondet; les describió a Gigonnet de cuerpo entero, su chimenea sin fuego, su papel de Réveillon, su escalera, su campanilla asmática y el llamador de pata de ciervo, su alfombrilla gastada, su hogar sin fuego como su mirada: les hizo reír con aquel nuevo tío; y ni se inquietaron por Du Tillet, que se decía sin dinero, ni por un usurero tan desprendido. ¡Todo eso eran manías!

—No te ha fijado más que un quince por ciento —dijo Blondet—; debes estarle agradecido. Al veinticinco por ciento, ya no se les saluda; la usura comienza al cincuenta por ciento, interés por el que se les desprecia.

—¿Despreciarlos? —dijo Florina—. ¿Qué amigos tenéis que os presten con ese interés sin que pretendan pasar por bienhechores vuestros?

—Tiene razón, estoy contento de no deberle ya nada a Du Tillet.

¿Por qué esa falta de perspicacia en sus asuntos personales en hombres acostumbrados a adivinarlo todo? Acaso la inteligencia no puede ser total en todos sus aspectos; acaso los artistas viven demasiado en el momento presente para que les sea posible estudiar el porvenir; acaso observan demasiado las ridiculeces para poder ver un lazo, y creen que no se atreven a engañarles. Las consecuencias no se hicieron esperar. Veinte días después, las letras de cambio eran protestadas, pero Florina pidió y obtuvo del tribunal de comercio veinticinco días para pagar. Raúl estudió su situación y pidió cuentas: resultó que los ingresos del periódico cubrían las dos terceras partes de los gastos y que las suscripciones flojeaban. El gran hombre se volvió inquieto y sombrío, pero sólo para Florina, a la que se confió. Ésta le aconsejó hipotecar dos obras de teatro por hacer, vendiéndolas por un tanto alzado y enajenando los derechos de su repertorio. Nathan encontró por este medio veinte mil francos, reduciendo así su deuda a cuarenta mil. El 10 de febrero expiraron los veinticinco días. Du Tillet, que no quería a Nathan como competidor en el colegio electora] donde pensaba presentarse, dejándole a Massol otro colegio que era ministerial, hizo perseguir a muerte a Raúl por Gigonnet. Un hombre procesado por deudas no puede presentarse como candidato. Clichy podía devorar al futuro ministro. Florina se encontraba también en continuo trato con los agentes judiciales, a causa de sus deudas personales; y, en tal crisis, no le quedaba más recurso que el yo de Medea, pues sus muebles fueron embargados. El ambicioso escuchaba por todas partes los crujidos de la destrucción en su flamante edificio, construido sin cimientos. Sin fuerzas ya para sostener una empresa tan vasta, sentíase incapaz de recomenzarla y se disponía a perecer bajo los escombros de su fantasía. Su amor por la condesa producía aún algunos chispazos de vida, animaba su rostro como una máscara; pero, por dentro, la esperanza estaba muerta. No sospechaba de Du Tillet, y no veía sino al usurero. Rastignac, Blondet, Lousteau, Vernou, Finot y Massol guardábanse muy bien de iluminar a aquel hombre, de una acometividad tan peligrosa. Rastignac, que quería recuperar el poder, hacía causa común con Nucingen y Du Tillet. Los demás experimentaban goces infinitos contemplando la agonía de uno de los suyos, culpable de haber querido ser su amo. Ninguno de ellos le hubiese dicho una palabra a Florina; al contrario, elogiaban ante ella a Raúl, «¡Nathan tenía hombros capaces de sostener el mundo; saldría de aquello y todo marcharía maravillosamente!».

—Ayer se hicieron dos suscripciones —decía Blondet gravemente—; Raúl será diputado. Una vez votado el presupuesto, aparecerá el decreto de disolución.

Nathan, perseguido, no podía ya contar con la usura. Florina, embargada, no podía ya contar sino con la casualidad de una pasión inspirada a algún tonto que jamás se encuentra cuando hace falta. Nathan no tenía por amigos más que a gentes sin dinero y sin crédito. Una detención mataría sus esperanzas de fortuna política. Para colmo de desgracia, veíase comprometido a enormes trabajos pagados por adelantado y no le veía el fondo al abismo de miseria a que iba a rodar. Frente a tantas amenazas, su audacia le abandonó. ¿Se uniría con él la condesa de Vandenesse? ¿Querría huir lejos? Las mujeres no son jamás arrastradas a tal abismo sino por un amor total, y su pasión no les había atado el uno al otro con los lazos misteriosos de la felicidad. Pero en el caso de que la condesa le siguiese al extranjero, iría sin fortuna, desnuda por completo, y sería un estorbo más. Un espíritu de segunda categoría, un orgulloso como Nathan, debía ver entonces, y vio, en el suicidio, la espada que cortaría aquellos nudos gordianos. El pensamiento de caer frente a toda aquella sociedad en la que había penetrado y que había querido dominar, de dejar en ella a la condesa triunfante, volviendo él a ser un soldado de filas lleno de fango, no era soportable. La locura bailaba y hacía oír sus cascabeles a la puerta del palacio fantástico habitado por el poeta. En tal extremo, Nathan esperó un azar y no quiso matarse hasta el último momento.

En los últimos días, que se habían invertido en cursar las notificaciones del juicio y las comunicaciones de la orden de aprehensión, Raúl se presentó en todas partes, a pesar suyo, con ese aire fríamente siniestro que los observadores han podido notar en todas las personas destinadas al suicidio o que lo meditan. Las ideas fúnebres que acarician imprimen en su frente unos tintes grises y nebulosos; su sonrisa tiene algo de fatal y sus movimientos son solemnes. Esos desgraciados parecen querer chupar, hasta la pulpa, los frutos dorados de la vida; sus miradas no se apartan del corazón, escuchan su toque a muerto en el aíre, y están distraídos. María percibió tan espantosos síntomas una tarde, en casa de lady Dudley: Raúl se había quedado solo en un diván del boudoir, mientras todo el mundo hablaba en el salón; la condesa llegó hasta la puerta y él no levantó la cabeza, no oyendo tampoco la respiración de María ni el roce de su falda de seda. Contemplaba una flor de la alfombra con los ojos fijos, idiotizados por el dolor; prefería morir a abdicar. No todo el mundo tiene el pedestal de Santa Elena. El suicidio, por otra parte, imperaba entonces en París; pues ¿cuál otra va a ser la última palabra de las sociedades incrédulas? Raúl había resuelto suicidarse. La desesperación está en razón directa de las esperanzas, y la de Raúl no tenía más salida que la tumba.

—¿Qué tienes? —le dijo María volando a su lado.

—Nada —respondió él.

Hay un modo de decir ese nada, entre amantes, que significa todo lo contrario. María alzó los hombros.

—Sois un niño —le dijo—, os ha ocurrido alguna desgracia.

—No a mí —dijo él—. Además, ya lo sabréis demasiado pronto, María — replicó afectuosamente.

—¿En qué pensabas cuando entré? —preguntó ella con aire autoritario.

—¿Quieres saber la verdad?

Ella inclinó la cabeza.

—Estaba pensando en ti, y me decía que muchos hombres, en mi lugar, hubiesen querido ser amados sin reserva: yo lo soy, ¿no es así?

—Sí —dijo ella.

—Y te dejo pura y sin remordimientos —prosiguió él estrechándola por la cintura y atrayéndola hacia sí para besarla en la frente, a riesgo de que les sorprendiesen—. Puedo arrastrarte al abismo y, sin embargo, permaneces a su borde, sin mancha y en toda tu gloria. A pesar de todo, un único pensamiento me importuna…

—¿Cuál?

—Que me despreciarás.

Ella sonrió con altivez.

—Sí, jamás creerás haber sido amada santamente; luego, me deshonrarán, lo sé. Las mujeres no pueden imaginar que del fondo de nuestro fango levantemos los ojos al cielo para adorar en él por entero a una María. Mezclan con este santo amor tristes cuestiones y no comprenden que hombres de alta inteligencia y de vasta poesía puedan desprender su alma del goce para reservársela a un altar querido. Sin embargo, María, el culto del ideal es más ferviente en nosotros que en vosotras: lo colocamos en la mujer que ni aun lo busca en nosotros.

—¿A qué viene ese artículo? —dijo ella burlonamente, como mujer segura de sí misma.

—Me voy de Francia; mañana sabrás por qué y cómo por una carta que te llevará mi ayuda de cámara. Adiós, María.

Raúl salió, después de haber estrechado a la condesa sobre su corazón con un abrazo horrible, dejándola idiotizada de dolor.

—¿Qué os ocurre, querida? —le dijo la marquesa de Espard, que había venido a buscarla—. ¿Qué os ha dicho el señor Nathan? Se ha despedido de nosotros con un aire melodramático. Estáis siendo demasiado razonable o demasiado poco razonable.

La condesa tomó el brazo de la señora de Espard para volver al salón, del que se marchó algunos instantes después.

—Va quizá a su primera cita —dijo lady Dudley a la marquesa.

—Voy a enterarme —replicó la señora de Espard marchándose y siguiendo el coche de la condesa.

Pero el cupé de la señora de Vandenesse tomó el camino del faubourg Saint-Honoré. Cuando la señora de Espard volvió a su casa, vio a la condesa Félix siguiendo por el faubourg, camino de la calle del Rocher. María se acostó, no pudo dormir y pasó la noche leyendo un viaje al Polo Norte, sin comprender lo que leía. A las ocho y media recibió una carta de Raúl y la abrió precipitadamente. La carta comenzaba con estas palabras clásicas.

«Mi bien amada, cuando leas este papel yo no perteneceré ya al mundo…»

No continuó, arrugó la carta con una contracción nerviosa, llamó a su doncella, se echó encima apresuradamente un peinador, calzóse los primeros zapatos que encontró, se envolvió en un chal y cogió un sombrero; luego salió, encargándole a su doncella que le dijese al conde que había ido a casa de su hermana, la señora Du Tillet.

—¿Dónde habéis dejado a vuestro amo? —le preguntó al criado de Raúl.

—En la oficina del periódico.

—Vamos allá —dijo ella.

Ante el asombro de la servidumbre, salió a pie, antes de las nueve, y dominada por una locura patente. Afortunadamente para ella, la doncella fue a decirle al conde que la señora acababa de recibir una carta de la señora Du Tillet que la había puesto fuera de sí, y que había acudido al punto a casa de su hermana, acompañada del criado que le había traído la carta. Vandenesse esperó la vuelta de su mujer para obtener explicaciones. La condesa subió a un coche de alquiler, que la llevó rápidamente a la oficina del periódico. A aquella hora, las vastas piezas ocupadas por el periódico en un caserón de la calle Feydeau estaban desiertas; sólo se encontraba allí un mozo, muy extrañado al ver una joven y linda mujer fuera de sí atravesarlas corriendo y preguntarle dónde estaba el señor Nathan.

—Está sin duda en casa de la señora Florina —respondió, tomando a la condesa por una rival que se disponía a hacer una escena de celos.

—¿Dónde trabaja aquí? —dijo ella.

—En un gabinete cuya llave tiene en su bolsillo.

—Llevadme a él.

El mozo la condujo a un cuartito sombrío que daba a un patio trasero y que en otro tiempo había sido un cuarto de aseo contiguo a un gran dormitorio cuya alcoba no había sido destruida. Como este gabinete formaba escuadra, la condesa, abriendo la ventana de la habitación, pudo ver por la del gabinete lo que en él pasaba: Nathan respiraba trabajosamente sentado en su sillón de redactor en jefe.

—Derribad esta puerta y callaos; yo compraré vuestro silencio —dijo ella —. ¿No estáis viendo que el señor Nathan se muere?

El mozo fue a la imprenta en busca de un bastidor de hierro con el que pudo derribar la puerta. Raúl se asfixiaba, como una simple modistilla, por medio de una estufa de carbón. Acababa de terminar una carta para Blondet, rogándole que atribuyese su muerte a una apoplejía fulminante. La condesa había llegado a tiempo: hizo trasladar a Raúl al coche de alquiler, y no sabiendo dónde prodigarle los primeros cuidados, entró en un hotel, tomó en él una habitación y envió al mozo del periódico en busca de un médico. En pocas horas quedó Raúl fuera de peligro, pero la condesa no se apartó de su cabecera antes de haber obtenido su confesión general. Una vez que el ambicioso derribado descargó en su corazón aquellas elegías espantosas de su dolor, volvió ella a su casa dominada por todos los tormentos y todas las ideas que, la víspera, asaltaban la frente de Nathan.

—Yo lo arreglaré todo —le había dicho para hacerle vivir.

—¡Bueno! ¿Qué le pasa a tu hermana? —preguntó Félix a su mujer al verla regresar—. Te encuentro muy alterada.

—Es una historia horrible sobre la que debo guardar el secreto más profundo —contestó ella, encontrando fuerzas para fingir tranquilidad.

Con el fin de estar sola y de poder pensar serenamente, fue por la noche a los Italianos, y después marchó a descargar su corazón en el de la señora Du Tillet, refiriéndole la horrible escena de aquella mañana y pidiéndole consejos y ayuda. Ni una ni otra podían saber entonces que era Du Tillet quien había encendido el fuego de la vulgar estufa cuya vista había espantado a la condesa Félix de Vandenesse.

—No tiene más que a mí en el mundo —había dicho María a su hermana —, y yo no le abandonaré.

En esta frase se compendia el secreto de todas las mujeres: son heroicas en cuanto tienen la certidumbre de serlo todo para un hombre grande e irreprochable.

Du Tillet había oído hablar de la pasión más o menos probable de su cuñada por Nathan; pero era de aquellos que la negaban o la juzgaban incompatible con las relaciones íntimas de Raúl y de Florina. La actriz tenía que expulsar a la condesa, y recíprocamente. Pero cuando al volver a su casa aquella noche se encontró a su cuñada, cuyo semblante le había anunciado ya graves perturbaciones en los Italianos, adivinó que Raúl había confiado sus apuros a la condesa, lo que quería decir que ella le amaba y que había venido a pedirle a María Eugenia la cantidad adeudada al viejo Gigonnet. La señora Du Tillet, a cuya penetración escapaba el secreto de aquella adivinación sobrenatural en apariencia, había mostrado una estupefacción tan grande, que las sospechas de Du Tillet se trocaron en certidumbre. El banquero creyó poder tener el hilo de las intrigas de Nathan. Nadie sabía que aquel desgraciado estuviese en la cama, en la calle del Mail, en un hotelucho, con el nombre del mozo del periódico, a quien la condesa había prometido quinientos francos si guardaba el secreto sobre los sucesos de la noche y de la mañana. Así, pues, Francisco Quillet había tenido la precaución de decirle a la portera que Nathan se había puesto enfermo a consecuencia de un exceso de trabajo. Du Tillet no se extrañó al no ver a Nathan. Era natural que el periodista se ocultase de las gentes encargadas de detenerle. Cuando los espías acudieron en busca de informes, se enteraron de que, por la mañana, había venido una señora para llevarse al redactor en jefe, y pasaron dos días antes de que descubriese el número del coche de alquiler, interrogasen al cochero y reconociesen y registrasen el hotel en que volvía a la vida el deudor. De este modo, las prudentes medidas adoptadas por María habíanle hecho obtener a Nathan una prórroga de tres días.

Cada una de las dos hermanas pasó una noche cruel. Una catástrofe semejante arroja el resplandor de sus brasas sobre la vida entera, iluminando los bajos fondos y los escollos más que las cimas, que habían sido hasta entonces objeto de las miradas. Impresionada por el horrible espectáculo de un joven muriendo en su sillón, ante su periódico, y escribiendo como un romano sus últimos pensamientos, la pobre señora Du Tillet no podía pensar en otra cosa sino en ayudarle y devolver la vida a aquella alma por la que su hermana vivía. Nuestro espíritu, por naturaleza, considera los efectos antes de analizar las causas. Eugenia aprobó de nuevo la idea que había tenido de dirigirse a la baronesa Delfina de Nucingen, en cuya casa iba a cenar, y no dudó del éxito. Generosa, como todas las personas que no han sido trituradas por los engranajes de acero pulimentado de la sociedad moderna, la señora Du Tillet resolvió tomarlo todo sobre sí.

Por su parte, la condesa, contenta con haber salvado ya la vida de Nathan, empleó la noche en inventar estratagemas para procurarse cuarenta mil francos. En crisis semejantes, las mujeres son sublimes. Llevadas por el sentimiento, llegan a combinaciones que sorprenderían a los ladrones, a los hombres de negocios y a los usureros, si estas tres clases de industriales, más o menos patentados, se asombrasen de algo. La condesa imaginaba vender sus diamantes pensando en ponerse otros falsos. Se decidía a pedir la cantidad a Vandenesse para su hermana, puesta ya en juego por ella, pero tenía demasiada nobleza y retrocedía ante los medios deshonrosos; no bien concebidos, los rechazaba. ¡El dinero de Vandenesse a Nathan! Y saltaba en su lecho asustada de su perversidad. ¿Hacer montar diamantes falsos? Su marido acabaría por darse cuenta. Pensaba en pedirle la suma a los Rothschild, que tenían tanto oro, y al arzobispo de París, que debía socorrer a los pobres, corriendo así de una religión a otra e implorándolo todo. Deploró verse fuera del Gobierno; tiempo atrás habría encontrado a quien pedirle prestado el dinero, en las cercanías del trono. Pensó en recurrir a su padre, pero el viejo magistrado sentía horror por las ilegalidades; sus hijos habían acabado por saber cuán poco simpatizaba con los infortunios del amor; no quería oír hablar de ello, se había vuelto misántropo y sentía horror por toda intriga. En cuanto a la condesa de Granville, vivía retirada en Normandía en una de sus posesiones, economizando y orando, terminando sus días entre sacerdotes y sacos de escudos, y fría hasta el último momento. Aunque María hubiese tenido tiempo de llegar a Bayeux, ¿iba a darle su madre tanto dinero sin saber a qué lo destinaba? ¿Pretextar deudas? Sí, quizá se dejase enternecer por su favorita. Pues bien, en caso de fracasar, iría la condesa a Normandía. El conde de Granville no se negaría a proporcionarle un pretexto de viaje, dándole el falso aviso de una grave enfermedad de su mujer. Vínole todo a la memoria para estimular su amor: el espectáculo desolador que la había asustado por la mañana, los cuidados prodigados a Nathan, las horas pasadas a la cabecera de su lecho, aquellas narraciones entrecortadas, aquella agonía de un gran espíritu, aquel vuelo del genio detenido por un vulgar e innoble obstáculo. Repasó sus emociones y se sintió aún más subyugada por las miserias que por las grandezas. ¿Hubiera besado ella aquella frente coronada por el éxito? No. Encontraba una nobleza infinita en las últimas palabras que Nathan le había dicho en el boudoir de lady Dudley. ¡Qué santidad en aquel adiós! ¡Qué nobleza en la inmolación de una dicha que se habría convertido en tormento suyo! La condesa había anhelado emociones para su vida y ahora abundaban, terribles, crueles, pero amadas. Vivía más por el dolor que por el placer. Con qué delicia se decía: «¡Le he salvado, y voy a salvarle otra vez!». Aún le oía gritando: «¡Sólo los desgraciados saben hasta dónde llega el amor!», al sentir los labios de María sobre su frente.

—¿Estás enferma? —le dijo su marido, que fue a buscarla a su alcoba para el almuerzo.

—Me encuentro horriblemente atormentada por el drama de casa de mi hermana —contestó ella sin mentir.

—Ha caído en muy malas manos; es una vergüenza para una familia contar en ella con un Du Tillet, un hombre sin nobleza; si a vuestra hermana le ocurriese algún desastre, no encontraría en absoluto compasión en él.

—¿Qué mujer quiere compasión? —dijo la condesa con un movimiento convulsivo—. Despiadados; vuestro rigor es una gracia todavía para vosotros.

—No es de hoy el que yo conozca vuestra nobleza de corazón —dijo Félix besando la mano de su mujer, conmovido por aquella altivez—. Una mujer que piensa así no necesita ser guardada.

—¿Guardada? —replicó ella—. Otra vergüenza que cae sobre vosotros.

Félix sonrió, mientras María enrojecía. Cuando una mujer se encuentra secretamente en falta, eleva ostensiblemente el orgullo femenino al más alto grado. Es un disimulo de espíritu que hay que agradecerle. El engaño está entonces lleno de dignidad, si no de grandeza. María escribió dos líneas a Nathan a nombre del señor Quillet, para decirle que todo iba bien, y se las envió por un recadero al hotel Du Mail. Por lo noche, en la Ópera, la condesa pudo utilizar los beneficios de sus embustes, pues su marido encontró muy natural que abandonase su palco para ir a ver a su hermana. Félix esperó para darle el brazo a que Du Tillet hubiese dejado sola a su mujer. ¡Qué emoción agitó a María al atravesar el corredor, al entrar en el palco de su hermana y al sentarse en él con una frente serena y tranquila ante la gente asombrada de verlas juntas!

—Bien, y ¿qué? —le dijo.

El rostro de María Eugenia era una respuesta: traslucíase en él una alegría ingenua que muchos personajes atribuyeron a una vanidosa satisfacción.

—Se le salvará, querida; pero sólo por tres meses, durante los cuales encontraremos cómo socorrerle más eficazmente. La señora de Nucingen quiere cuatro letras de cambio, cada una de diez mil francos, firmadas no importa por quién, para no comprometerte. Me ha explicado cómo debían extenderse; yo no he comprendido nada, pero el señor Nathan te las preparará. Únicamente he pensado que Schmuke, nuestro viejo maestro, puede sernos útil en esta circunstancia: él las firmaría. Uniendo a esos cuatro efectos una carta por la que garantizará su pago a la señora de Nucingen, ella te entregará mañana el dinero. Hazlo todo tú misma, no te fíes de nadie. He pensado que Schmuke no tendría objeción alguna que oponerte. Para despistar, he dicho que tú querías favorecer a nuestro antiguo profesor de música, un alemán infortunado, y he podido pedir el secreto más absoluto.

—¡Tienes el ingenio de un ángel! Con tal que la baronesa de Nucingen no hable del asunto hasta después de haber dado el dinero… —dijo la condesa levantando los ojos como para implorar a Dios, no obstante encontrarse en la Ópera.

—Schmuke vive en la callejuela de Nevers, en el muelle Conti, no lo olvides, y ve tú misma.

—Gracias —dijo la condesa estrechando la mano de su hermana—. ¡Ah! Daría diez años de mi vida…

—A deducir de tu vejez…

—Para hacer que cesasen para siempre angustias semejantes —dijo la condesa sonriéndose de la interrupción.

Todas las personas que dirigían sus lentes en aquel momento sobre las dos hermanas, podían creerlas ocupadas de frivolidades, al admirar sus risas ingenuas; pero uno de esos ociosos que, más que por placer, acuden a la Ópera para espiar los atavíos y los rostros, hubiese podido adivinar el secreto de la condesa al percibir la violenta sensación que apagó la alegría de aquellas dos fisonomías encantadoras. Raúl, que no temía, durante la noche, a los corchetes, apareció, pálido y lívido, con la mirada inquieta y la frente sombría, en el peldaño de la escalera donde solía colocarse habitualmente. Buscó a la condesa en su palco, lo encontró vacío, y se cogió entonces la frente con sus manos apoyando el codo en la cintura.

«¿Podría estar en la Ópera?», pensó.

—Míranos, pobre gran hombre —dijo en voz baja la señora Du Tillet.

En cuanto a María, y a riesgo de comprometerse, prendió en él esa mirada violenta y fija con la que la voluntad brota de los ojos, como brotan del sol las sombras luminosas, y que, según los magnetizadores, penetra a la persona a la que se le dirige. Raúl pareció tocado con una varita mágica; levantó la cabeza y sus ojos encontraron de repente los de ambas hermanas. Con ese ingenio adorable que jamás abandona a las mujeres, la señora de Vandenesse cogió una cruz que jugueteaba sobre su escote y se la mostró con una sonrisa rápida y significativa. La joya irradió hasta la frente de Raúl, que respondió con una expresión jubilosa: había comprendido.

—¿Es que no es nada, Eugenia —dijo la condesa a su hermana—, devolver así la vida a los muertos?

—Puedes ingresar en la Sociedad de Náufragos —respondió Eugenia.

—¡Qué triste y abatido llegó, pero cuán contento se irá!

—¡Bueno! ¿Cómo estás, querido? —dijo Du Tillet estrechando la mano a Raúl y abordándole con todas las apariencias de la amistad.

—Pues como un hombre que acaba de recibir los mejores informes sobre las elecciones. Saldré elegido —respondió radiante Raúl.

—Encantado —replicó Du Tillet—. Va a hacernos falta dinero para el periódico.

—Lo encontraremos —dijo Raúl.

—Las mujeres tienen al diablo de su parte —dijo Du Tillet, sin dejarse convencer aún por las palabras de Raúl, a quien había llamado Charnathan.

—¿Por qué? —dijo Raúl.

—Mi cuñada está en el palco de mi mujer —dijo el banquero—; alguna intriga se traen entre manos. Por lo que veo, te adora la condesa, pues te saluda a través de toda la sala.

—Ya lo ves —dijo la señora Du Tillet a su hermana—, nos llaman hipócritas. Mi marido está haciéndole zalamerías al señor Nathan, y es él quien quiere meterle en la cárcel.

—¡Y los hombres nos acusan! —exclamó la condesa—. Yo le abriré los ojos.

Se levantó, volvió a tomar el brazo de Vandenesse, que la esperaba en el pasillo, y regresó radiante a su palco; luego salió de la Ópera, dio la orden a su coche para el día siguiente antes de las ocho, y a las ocho y media se encontraba en el muelle Conti, después de haber pasado por la calle del Mail.

El coche no podía entrar en la callejuela de Nevers; pero como Schmuke vivía en una casa situada en la esquina del muelle, la condesa no tuvo que andar por el barro, y saltó casi desde el estribo al pasadizo enfangado y ruinoso de aquella vieja casa negra, lañada, como la loza de un portero, con grapas de hierro, e inclinada de un modo que producía inquietud en los transeúntes. El viejo maestro de capilla vivía en el cuarto piso y gozaba de la hermosa vista del Sena desde el Pont-Neuf hasta la colina de Chaillot. Aquel buen hombre quedó tan sorprendido cuando el lacayo le anunció la visita de su antigua alumna, que, en su estupefacción, la dejó penetrar hasta su cuarto. Jamás habría imaginado ni sospechado la condesa la existencia que se reveló de pronto a sus miradas, aunque conociese de mucho tiempo atrás el profundo desdén de Schmuke por el vestido y el poco interés que le merecían las cosas de este mundo. ¿Quién hubiese podido creer en el abandono de una vida semejante y en una indiferencia tan total? Schmuke era un Diógenes músico y no sentía vergüenza de su desorden, al que se encontraba tan habituado que de seguro lo hubiese negado. El uso incesante de una buena pipa gruesa alemana había extendido sobre el techo y sobre el mísero papel que cubría las paredes, despellejado en mil partes por un gato, un tinte pajizo que daba a los objetos el aspecto de mieses doradas de Ceres. El gato, provisto de un vestido magnífico de largas sedas enmarañadas, como para darle envidia a una portera, estaba allí como la dueña de la casa, grave con su barba y sin inquietud; cuando entró la condesa, lanzó sobre ella desde lo alto de un excelente piano de Viena, en el que estaba encaramado en actitud magistral, esa mirada melosa y fría con la que toda mujer asombrada de su belleza le habría saludado; no se movió en absoluto, sino que movió únicamente los dos hilos de plata de sus rígidos bigotes y trasladó a Schmuke la mirada de sus dos ojos de oro. El piano, caduco y de una buena madera pintada de negro y oro, pero sucio, desteñido, desconchado, mostraba unas teclas gastadas como los dientes de los caballos viejos y amarillentas por el color fuliginoso caído de la pipa. Unos montoncillos de ceniza en el atril estaban diciendo que, la víspera, había cabalgado Schmuke sobre el viejo instrumento hacia algún aquelarre musical. Los baldosines, llenos de barro seco, de papeles rotos, de cenizas de pipa y de restos inexplicables, recordaban el piso de los pensionados cuando no ha sido barrido en ocho días, y del que los criados arrojan montones de cosas que guardan un término medio entre el estiércol y los harapos. Un ojo más práctico que el de la condesa hubiera encontrado allí informes acerca de la vida de Schmuke en algunas cáscaras de castaña, peladuras de manzana y cáscaras de huevo rojas, en platos rotos por inadvertencia y sucios de choucroute. Este detritus alemán formaba una alfombra de polvorientas inmundicias que crujían bajo los pies y se confundía con un montón de cenizas que descendían majestuosamente de una chimenea de piedra pintada en la que dominaba un buen pedazo de carbón de piedra ante el cual parecían consumirse dos tizones. Sobre la chimenea, un tremó con su espejo, cuyas figuras danzaban una zarabanda; a un lado, la gloriosa pipa colgada, y al otro, un cacharro chino en el que el profesor guardaba su tabaco. Dos butacas compradas al azar, como un camastro nada abultado y liso, como la cómoda carcomida y sin mármol, y como la mesa desvencijada en la que se veían los restos de un frugal almuerzo, componían aquel mobiliario, más sencillo que el de un wigham de mohicanos. Un espejo para afeitarse, colgado de la falleba de la ventana sin cortinas, y cubierto con un pingajo a rayas para la limpieza de la navaja, indicaba los sacrificios que Schmuke le hacía a las Gracias y al mundo. El gato, ser débil y protegido, era el más favorecido, pues gozaba de un viejo cojín de poltrona, junto al cual se veía una taza y un plato de porcelana blanca. Pero lo que no puede describirse en ningún estilo es el estado en que Schmuke, el gato y la pipa, trinidad viviente, habían puesto aquellos muebles. La pipa había quemado la mesa acá y allá; y el gato y la cabeza de Schmuke habían engrasado, hasta quitarle su aspereza, el verde terciopelo de Utrecht de las dos butacas. A no ser por la espléndida cola del gato, que hacía en parte la limpieza, jamás se habría quitado el polvo de los espacios libres sobre la cómoda o sobre el piano. En un rincón estaban los zapatos, que requerían una enumeración épica. Bajo la cómoda y el piano amontonábanse los libros de música, de lomos raídos, destripados y con los picos blancos y comidos, por los que el cartón mostraba sus mil hojas. Las direcciones de los alumnos estaban pegadas, a lo largo de las paredes, con obleas. El número de obleas sin papel correspondiente indicaba las direcciones jubiladas. Sobre el papel leíanse cálculos hechos con tiza. La cómoda estaba adornada con jarras de cerveza bebida la víspera y que parecían nuevas y brillantes en medio de aquellas vejeces y de los papelotes. La higiene estaba representada por un jarro de agua coronado de una toalla y un pedazo de jabón ordinario, blanco y jaspeado de azul, que humedecía en varios lugares el palo de Rosa. Dos sombreros igualmente viejos colgaban de una percha de la que estaba suspendido el mismo carrick azul de tres capas que la condesa le había visto siempre a Schmuke. Bajo la ventana había tres macetas de flores, de flores alemanas, sin duda, y al lado un bastón de acebo.

Aunque la vista y el olfato de la condesa hubiesen sido desagradablemente afectados, la sonrisa y la mirada de Schmuke le ocultaron estas miserias bajo rayos celestiales que hicieron resplandecer los tintes pajizos y vivificaron aquel caos. El alma de aquel hombre divino, que conocía y revelaba tantas cosas divinas, centelleaba como un sol. Su risa, tan franca y tan ingenua ante la aparición de una de sus santas Cecilias, vertió los resplandores de la juventud, de la alegría y de la inocencia. Derramó los tesoros más caros al hombre y se hizo con ellos un manto que ocultó su pobreza. El advenedizo más desdeñoso hubiese quizá encontrado innoble pensar en el marco en que se agitaba este magnífico apóstol de la religión musical.

—Y ¿bor gué gasualitat aquí, guerida señora gondesa? —dijo—. ¿Guiere gue gande el gandigo de Zimeón, a mi etat?

Tal pensamiento reavivó su acceso de risa inmoderada.

—¿Tepo gonsiderarme afortdunato? —prosiguió con aire sutil. Luego, volvió a su risa, como un niño—. Fenís bor la músiga, y no bor esde bopre hompre. Cha lo sé —dijo con aire melancólico—; bero fenit bor doto lo gue gueráis, ¡cha sapéis gue aguí doto es fuesdro: güerbo, alma y pienes!

Cogió la mano de la condesa, se la besó y depositó en ella una lágrima, pues el bueno del hombre estaba siempre como si acabase de recibir los beneficios la víspera. Su alegría le había hecho olvidar por un momento, para devolverle al instante el recuerdo con toda su fuerza. Seguidamente, cogió la tiza, saltó sobre el sillón que estaba ante el piano, y, con una rapidez de muchacho, escribió sobre el papel, en gruesos caracteres: 17 DE FEBRERO DE 1835. El bonito impulso tan ingenuo, fue realizado con tan impetuoso agradecimiento, que la condesa se conmovió profundamente.

—Va a venir mi hermana —le dijo.

—¡La odra dambién! ¿Guándo? ¿Guándo? ¡Gue sea andes de gue muera! —contestó.

—Vendrá a daros las gracias por un gran favor que yo vengo a pediros de su parte.

—¡Brondo, brondo, brondo, brondo! —exclamó Schmuke—. ¿Gué hay gue hacer? ¿Hay gue ir al infierno?

—Únicamente poner: Aceptado por la cantidad de diez mil francos, en cada uno de estos papeles —dijo ella, sacando de su manguito cuatro letras de cambio preparadas según la fórmula que le había dado Nathan.

—¡Ah! Brondo fa a esdar hetcho —respondió el alemán con la mansedumbre de un cordero—. Ahora, gué no sé bor tónte andan mis blumas y mi dindero. Fete te ahí, mein herr Mirr —le dijo al gato, que le miró fríamente—. Es mi gado —dijo señalándoselo a la condesa—. ¡Es el bopre animal gue file gon el bopre Schmuke! ¡Es ponito!

—Sí —dijo la condesa.

—¿Lo gueréis? —preguntó él.

—¡No faltaba más! —replicó ella—. ¿No es vuestro amigo?

El gato, que ocultaba el tintero, adivinó que Schmuke lo quería, y saltó sobre la cama.

—¡Es más bígaro gue un mono! —dijo señalándole en la cama—. Cho le chamo Mirr, bara glorificar a nuesdro gran Hoffmann te Perlín, a guien cho dradé mutcho.

Y, mientras, el bueno del hombre firmaba con la inocencia de un niño que hace lo que su madre le ordena hacer, sin comprender nada, pero seguro de hacer lo que debe. Preocupábase mucho más de la presentación del gato a la condesa que de los papeles por los que, de acuerdo con las leyes relativas a los extranjeros, podía perder su libertad para siempre.

—Fos me aseguráis gue esdos begueños babeles dimbratos…

—No tengáis la menor inquietud —dijo la condesa.

—Cho no dengo ninguna inguietut —replicó él bruscamente—. Cho bregundo si esdos begueños babeles dimbratos le gausarán un blacer a la señora Tu Dilled.

—¡Oh! Sí —dijo ella—, le hacéis con ello un favor como si fueseis su padre…

—Esdoy muy gondendo te boterle ser údil en algo. ¡Esgutchat mi músiga! —dijo dejando los papeles sobre la mesa y saltando al piano.

Y ya estaban las manos de aquel ángel corriendo sobre las viejas teclas, ya su mirada alcanzaba los cielos a través de los techos y ya el más delicioso de todos los cantos florecía en el aire y penetraba el alma; pero la condesa no dejó al ingenuo intérprete de las cosas celestiales hacer hablar las maderas y las cuerdas, como la santa Cecilia de Rafael, para los ángeles que la escuchan, sino el tiempo que tardó la tinta en secarse: se levantó, metió las letras de cambio en su manguito e hizo descender a su radiante maestro de los espacios etéreos en los que se cernía, llamándole a la tierra.

—Mi buen Schmuke —le dijo tocándole en un hombro.

—¡Cha! —exclamó con una espantosa sumisión—. ¿Bor gué finisdeis endonces?

No murmuró, y se irguió como un perro fiel para escuchar a la condesa.

—Mi buen Schmuke —replicó ella—, se trata de un asunto de vida o muerte, y los minutos ahorran sangre y lágrimas.

—Siembre la misma —dijo—. ¡Antat, ánguel! ¡It a segar el llando te los temás! ¡Sapet gue el bopre Schmuke diene en más fuesdra visida gue fuesdras rendas!

—Volveremos a vernos —dijo ella—; vendréis a tocar y a cenar conmigo todos los domingos, si no queréis que nos enfademos. Os espero el domingo próximo.

—¿De fertat?

—Os lo ruego, y mi hermana os señalará también un día, sin duda.

—Mi titcha será, endonces, gompleda —dijo—, bues no os feía más gue en los Gambos Elíseos, al basar en fuesdro gotche. ¡Pien bogas feces!

Tal pensamiento secó las lágrimas que le acudían a los ojos, y ofreció el brazo a su bella alumna, que sintió palpitar desmesuradamente el corazón del anciano.

—Os acordáis de nosotras —díjole ella.

—¡Siembre gue gomo mi ban! —replicó él—. Brimero, gomo a mis pienhetchoras; y luego, ¡gomo a las dos brimeras fófenes tignas te gariño gue cho he gonocito!

La condesa no osó decir más: había en esta frase una increíble, respetuosa, fiel y religiosa solemnidad. Aquella habitación ahumada y llena de desperdicios era un templo habitado por dos divinidades. Este sentimiento iba creciendo de minuto en minuto, sin que los que lo inspiraban se diesen cuenta.

«Aquí se nos quiere, se nos quiere mucho», pensó ella.

La emoción con que el viejo Schmuke vio subir al coche a la condesa fue compartida por ella, que, con la punta de los dedos, le envió uno de esos besos delicados que las mujeres se tiran de lejos para saludarse. Al verlo, Schmuke se quedó plantado sin moverse hasta mucho tiempo después de que el coche hubiese desaparecido. Momentos más tarde entraba en el patio del hotel de la señora de Nucingen. La baronesa no se había levantado aún, pero para no hacer esperar a una señora de alto rango, se envolvió en un chal y un peinador.

—Se trata de una buena acción, señora —dijo la condesa—, y la rapidez es en este caso una gracia más; de no ser así, no os hubiese molestado tan temprano.

—¡Cómo! Para mí es un placer —dijo la mujer del banquero tomando los cuatro papeles y la garantía de la condesa.

En seguida llamó a su doncella.

—Teresa, decidle al cajero que me suba él mismo, al momento, cuarenta mil francos.

Luego encerró en un cajón secreto de su mesa el escrito de la señora de Vandenesse, después de haberle puesto unas obleas.

—Tenéis una habitación deliciosa —dijo la condesa.

—El señor de Nucingen va a privarme de ella, pues está construyendo una nueva casa.

—Le daréis, sin duda, ésta a vuestra hija. Se habla de su matrimonio con el señor de Rastignac.

En el momento en que la señora de Nucingen iba a contestar, apareció el cajero; ella tomó los billetes y entregó las cuatro letras de cambio.

—Así se compensa —dijo la baronesa al cajero.

—Salfo el tesgüendo —dijo el cajero—. Es de Schmuke, un músigo te Ansbach —añadió al ver la firma y haciendo estremecerse a la condesa.

—¿Hago yo, por ventura, negocios? —dijo la señora de Nucingen, reprendiendo al cajero con una mirada altanera—. Es algo que sólo a mí me interesa.

Por más que el cajero miró alternativamente a la condesa y a la baronesa, encontró sólo unos rostros inmóviles.

—Andad, dejadnos. Hacedme el favor —siguió la baronesa dirigiéndose a la señora de Vandennesse— de quedaros algunos momentos, con el fin de que no crea que tenéis alguna participación en este asunto.

—Me atrevería a pediros que, a tantas atenciones, unieseis la de guardarme el secreto —replicó la condesa.

—Tratándose de una buena acción, no hay ni que decirlo —respondió la baronesa sonriendo—. Voy a hacer que envíen vuestro coche al extremo del jardín, y así partirá sin vos; luego, lo atravesaremos juntas, y nadie os verá salir de aquí: será algo completamente inexplicable.

—Tenéis las bondades de una persona que ha sufrido —dijo la condesa.

—No sé si tengo bondades, pero he sufrido mucho —dijo la baronesa—; vos habéis obtenido las vuestras, según pienso, no tan caras.

Una vez dada la orden, la baronesa se puso unas zapatillas forradas y un abrigo de pieles y condujo a la condesa hasta la puertecilla de su jardín.

Cuando un hombre ha urdido un plan como el tramado por Du Tillet contra Nathan, no se lo confía a nadie. Nucingen sabía algo, pero su mujer estaba por completo ignorante de aquellos cálculos maquiavélicos. Claro que la baronesa, que sabía que Raúl se encontraba en un apuro, no se había dejado engañar por las dos hermanas; había adivinado muy bien a qué manos iba a ir aquel dinero y estaba encantada de hacerle un favor a la condesa, pues sentía, por otra parte, una profunda compasión por tal clase de apuros. Rastignac, que se encontraba en situación de poder adivinar las maniobras de los dos banqueros, fue a almorzar con la señora de Nucingen. Delfina y Rastignac no tenían ningún secreto el uno para el otro, y ella le refirió su escena con la condesa. Rastignac, incapaz de imaginar que la baronesa pudiese llegar jamás a mezclarse en aquel asunto, un medio más entre todos los que él utilizaba, y que, por otra parte, era de poca importancia a sus ojos, la ilustró acerca del caso. Delfina acababa quizá de destruir las esperanzas electorales de Du Tillet y de inutilizar los engaños y sacrificios de un año entero. Rastignac puso entonces a la baronesa al tanto, recomendándole silencio sobre la falta que acababa de cometer.

—Siempre que el cajero no le hable de ello a Nucingen… —dijo ella.

Momentos antes del mediodía, y mientras Du Tillet almorzaba, le fue anunciado el señor Gigonnet.

—Que entre —dijo el banquero, aunque su mujer estaba comiendo con él —. Bueno, mi viejo Shylock, ¿han metido ya en chirona a nuestro hombre?

—No.

—¿Cómo? ¿No os dije que en la calle del Mail, hotel…?

—Ha pagado —dijo Gigonnet sacando de su cartera cuarenta billetes de Banco.

Du Tillet puso un gesto de desesperación.

—No se deben acoger mal los escudos nunca —dijo el impasible compinche de Du Tillet—, eso puede traer mala suerte.

—¿Dónde habéis obtenido ese dinero, señora? —dijo el banquero lanzándole a su mujer una mirada que la hizo enrojecer hasta la raíz de los cabellos.

—No sé lo que queréis decir —dijo ella.

—Yo averiguaré este misterio —respondió él, levantándose furioso—. Habéis tirado abajo los proyectos que acariciaba con más deleite.

—Vais a tirar vuestro almuerzo —dijo Gigonnet, sujetando el mantel enredado en un faldón de la bata de Du Tillet.

La señora de Du Tillet se levantó con frialdad para salir. Aquella frase la había dejado espantada. Llamó, y acudió un lacayo.

—Mis caballos —le dijo al criado—. Llamad a Virginia para que me vista.

—¿Dónde vais? —dijo Du Tillet.

—Los maridos bien educados no interrogan a sus mujeres —contestó ella

—, y vos tenéis la pretensión de conduciros como un gentilhombre.

—No os conozco ya desde estos dos días en que habéis visto dos veces a vuestra impertinente hermana.

—Me habéis ordenado que sea impertinente —dijo ella—, y me ensayo con vos.

—Servidor vuestro, señora —dijo Gigonnet, que no sentía mucha curiosidad por presenciar una escena conyugal.

Du Tillet miró fijamente a su mujer, que le devolvió la mirada sin bajar los ojos.

—¿Qué significa esto? —dijo.

—Que ya no soy una niña a la que podéis asustar —replicó ella—. Soy y seré toda mi vida una mujer leal y buena para vos; si queréis podréis ser un amo, pero un tirano, no.

Du Tillet salió. Después de aquel esfuerzo, María Eugenia entró en sus habitaciones abatida. «A no ser por el peligro que corre mi hermana —se dijo —, jamás me hubiese atrevido a provocarle de este modo». Pero, como dice el proverbio, no hay mal que por bien no venga. Durante la noche, la señora Du Tillet había repasado en su memoria las confidencias de su hermana. Segura de la salvación de Raúl, su pensamiento no estaba ya dominado por la idea de aquel peligro inminente. Recordó la terrible energía con que había hablado la condesa de huir con Nathan para consolarle de su desastre, si ella no podía impedirlo. Comprendió que aquel hombre era capaz de convencer a su hermana, por un exceso de agradecimiento y de amor, de que hiciese lo que la prudente Eugenia consideraba una locura. Había, en la alta sociedad, ejemplos recientes de estas huidas en las que placeres inciertos son pagados con remordimientos y con la desconsideración a que dan lugar las situaciones falsas, y Eugenia recordaba sus espantosos resultados. La frase de Du Tillet había hecho llegar su terror al colmo; temió que todo se descubriese; vio la firma de la condesa de Vandenesse en la cartera de la casa Nucingen y pensó suplicarle a su hermana que se lo confesase todo a Félix. La señora Du Tillet no encontró a la condesa, pero Félix estaba en su casa. Una voz interior gritóle a Eugenia que salvase a su hermana. Quizá mañana sería demasiado tarde. Costábale gran trabajo, pero se decidió a decírselo todo al conde. ¿No se mostraría indulgente al saber que su honor se encontraba aún a salvo? La condesa estaba más extraviada que pervertida. Eugenia tuvo miedo de ser una cobarde y una traidora divulgando unos secretos que la sociedad entera, de acuerdo en esto, guarda siempre; pero, sobre todo, imaginó el porvenir de su hermana, y tembló ante el temor de verla un día sola, arruinada por Nathan, pobre, doliente, desgraciada y desesperada; no vaciló más e hizo que la anunciasen al conde. Félix, extrañado de aquella visita, tuvo con su cuñada una larga conversación, durante la cual se mostró tan sereno y tan dueño de sí, que ella temió verle adoptar alguna terrible resolución.

—Estad tranquila —le dijo Vandenesse—, me conduciré de modo que algún día seáis bendecida por la condesa. Por grande que sea vuestra repugnancia de guardar el secreto con ella, después de haberme puesto al tanto del asunto, concededme un crédito por algunos días. Necesito algunos para esclarecer los misterios que vos no percibís, y sobre todo para obrar con prudencia. ¡Acaso lo averigüe todo en un momento! Yo soy el único culpable, hermana. Todos los amantes hacen su juego; pero no todas las mujeres tienen la fortuna de ver la vida como es.

La señora Du Tillet salió tranquilizada. Félix de Vandenesse fue, al punto, al Banco de Francia a sacar cuarenta mil francos, y corrió a casa de la señora de Nucingen: la encontró, le dio gracias por la confianza que había depositado en su mujer y le devolvió el dinero. El conde explicó el misterioso préstamo atribuyéndolo a las locuras de una filantropía a la que había querido poner coto.

—No me deis ninguna explicación, señor, ya que la señora de Vandenesse os ha confesado todo —dijo la baronesa de Nucingen.

«Está enterada de todo», pensó Vandenesse.

La baronesa devolvió la carta de garantía y envió en busca de las cuatro letras de cambio. Durante este tiempo, Vandenesse dirigió a la baronesa la mirada sutil de los hombres de Estado, casi llegó a inquietarla, y juzgó propicio el momento para una negociación.

—Vivimos en una época, señora en la que nada es seguro —le dijo—. Los tronos se elevan y se esfuman en Francia con una rapidez espantosa. Quince años bastan para liquidar un gran imperio, una monarquía y también una revolución. Nadie se atrevería a garantizar el porvenir. Ya conocéis mi adhesión a la causa de la legitimidad. Estas palabras no tienen nada de extraordinario en mi boca. Imaginaos una catástrofe, ¿no os agradaría contar con un amigo en el partido que triunfase?

—Indudablemente —dijo ella sonriendo.

—¡Pues bien! ¿Queréis tener en mí, en secreto, un hombre agradecido que pudiese mantenerle al señor de Nucingen, llegado el caso, la dignidad de par a que aspira?

—¿Qué queréis de mí? —exclamó ella.

—Poca cosa. Todo lo que sabéis sobre Nathan.

La baronesa le repitió su conversación de aquella mañana con Rastignac y dijo al ex par de Francia, entregándole las cuatro letras de cambio que fue a tomar de manos del cajero:

—No olvidéis vuestra promesa.

Olvidaba Vandenesse tan poco aquella promesa prestigiosa, que la hizo brillar a los ojos del barón de Rastignac para obtener de él algunos otros informes.

Al salir de casa del barón, dictó a un memorialista la carta siguiente para Florina: «Si la señorita Florina quiere saber cuál es el primer papel que va a representar, se le ruega que acuda al próximo baile de la Ópera, haciéndose acompañar por el señor Nathan».

Una vez puesta en el correo esta carta, se dirigió a casa de su agente de negocios, joven muy hábil y listo, aunque honrado, y le rogó que fingiese ser un amigo a quien Schmuke habría confiado el secreto de la visita de la señora de Vandenesse, al sentirse intranquilo, algo tarde, sobre el significado de las palabras: Aceptado por la cantidad de diez mil francos, repetida cuatro veces, y que iba a pedirle al señor Nathan una letra de cambio de cuarenta mil francos como contraletra. El juego era aventurado. Nathan podía haberse enterado ya de cómo se habían arreglado las cosas, pero era preciso aventurar algo para ganar mucho. En su turbación, María podía muy bien haberse olvidado de pedirle a Raúl una garantía para Schmuke. El agente de negocios fue inmediatamente al periódico, volviendo triunfante, a las cinco, a casa del conde, con una contraletra por cuarenta mil francos. A las primeras palabras cambiadas con Nathan, pudo decir que le había enviado la condesa.

Este éxito obligaba a Félix a impedir que su mujer viese a Raúl hasta la hora del baile de la Ópera, adonde pensaba llevarla para que allí, y por sí misma, se convenciese de la naturaleza de las relaciones de Nathan con Florina. Conocía el celoso orgullo de la condesa; quería hacerla renunciar por su propio impulso a su amor, no darle ocasión de que tuviese que avergonzarse a sus ojos y mostrarle oportunamente sus cartas a Nathan, vendidas por Florina, de la que contaba rescatarlas. Este plan tan prudente, tan rápidamente concebido y ejecutado en parte, debía fallar por una jugarreta del azar, que lo modifica todo aquí abajo. Después de la cena, Félix sacó la conversación acerca del baile de la Ópera, haciendo notar que María no había ido nunca; y le propuso tal diversión para el día siguiente.

—Ya os proporcionaré alguien a quien embromar —le dijo.

—¡Ah! Me causaréis un gran placer.

—Para que la broma sea buena, una mujer ha de buscar una hermosa presa, una celebridad, un hombre de talento, y hacer que se dé a los diablos. ¿Quieres que ponga en tus manos a Nathan? Conseguiré, por alguien que conoce a

Florina, secretos suyos capaces de volverle loco.

—Florina —dijo la condesa—, ¿la actriz?

María había oído ya aquel nombre en labios de Quillet, el mozo del periódico, y por su espíritu pasó como un relámpago.

—Sí, su querida —respondió el conde—. ¿Hay algo de extraño en ello?

—Creía al señor Nathan demasiado ocupado para tener una querida. ¿Disponen los autores de tiempo para amar?

—Yo no digo que amen, querida, pero están obligados a vivir en alguna parte, como los demás hombres; y cuando no están en su casa, y se ven perseguidos por los agentes judiciales, viven en casa de sus queridas, lo cual podrá pareceros poco decoroso, pero no deja de ser infinitamente más agradable que vivir en la cárcel.

El fuego era menos rojo que las mejillas de la condesa.

—¿Le queréis por víctima? Le asustaréis —dijo el conde prosiguiendo y sin fijarse en el rostro de su mujer—. Os podré incluso poner en situación de probarle que vuestro cuñado Du Tillet le está engañando como a un niño. El miserable quiere hacer que lo encarcelen, a fin de incapacitarle para ser su contrincante en el colegio electoral en que Nucingen ha sido nombrado. Sé por un amigo de Florina la suma que produjo la venta de su mobiliario, y que ella le entregó para que fundase su periódico, y sé cuánto le ha enviado ella de la cosecha que fue este año a recoger por los escenarios de los departamentos y de Bélgica; dinero que, en definitiva, aprovecha a Du Tillet, a Nucingen y a Massol. Los tres, por adelantado, le han vendido el periódico al Ministerio, pues hasta tal punto están seguros de despojar al gran hombre.

—El señor Nathan es incapaz de haber aceptado dinero de una actriz.

—No conocéis en absoluto a esas gentes, querida —dijo el conde—; no será él quien os niegue el hecho.

—No dejaré de ir al baile —dijo la condesa.

—Os divertiréis —replicó Vandenesse—. Con armas semejantes, podréis fustigar con fuerza el amor propio de Nathan, y le haréis un favor. ¡Ya le veréis, enfureciéndose, serenándose y saltando bajo vuestros hirientes epigramas! A la par que os divertís, iluminaréis a un hombre de talento sobre el peligro en que se encuentra, y tendréis la satisfacción de que el sentido común… Pero no me estáis escuchando, niña mía.

—Al contrario, os escucho demasiado —respondió ella—. Más tarde os diré por qué me importa estar segura de todo eso.

—Segura —replicó Vandenesse—. Permaneces con el rostro cubierto, y te hago cenar con Nathan y Florina: será muy divertido para una mujer de tu clase embromar a una actriz, después de haber hecho caracolear la mente de un hombre célebre en torno a secretos tan importantes; los engancharás juntos a uno y a otro a la misma farsa. Voy a seguirle la pista a las infidelidades de Nathan. Si puedo enterarme de los detalles de alguna aventura reciente, podrás presenciar una cólera de cortesana, cosa magnífica; y la de Florina hervirá como un torrente de los Alpes: adora a Nathan, que lo es todo para ella, se agarra a él como la carne a los huesos y como la leona a sus crías. Recuerdo haber visto en mi juventud a una actriz célebre, que escribía como una cocinera, ir a pedirle a uno de mis amigos que le devolviese sus cartas, y no he vuelto a presenciar otro espectáculo como aquél; aquel furor tranquilo, aquella majestad impertinente, aquella actitud de salvaje… ¿Te sientes mal, María?

—No, es que han cargado demasiado la chimenea.

La condesa fue a dejarse caer en una confidente. De pronto, por uno de esos impulsos imposibles de prever, y que fue suscitado por los dolores ardientes de los celos, púsose en pie sobre sus piernas temblorosas, cruzó sus brazos y fue lentamente a colocarse delante de su marido.

—¿Qué es lo que sabes? —le preguntó—. No eres hombre capaz de torturarme, y en el caso de ser yo culpable, me aplastarías sin hacerme sufrir.

—¿Qué quieres que yo sepa, María?

—Pues… ¿Nathan?

—Crees amarle —dijo él—, pero amas un fantasma construido con frases.

—Entonces…, ¿sabes?

—Todo —dijo él.

Esta palabra cayó como una maza sobre la cabeza de María.

—Si lo prefieres, no sabré jamás nada —prosiguió—. Estás en un abismo, hija mía, y hay que sacarte de él: ya he hecho algo para ello. Toma.

Sacó de su bolsillo interior la carta de garantía y las cuatro letras de cambio de Schmuke, que la condesa reconoció y las arrojó al fuego.

—¿Qué hubiera sido de ti, pobre María, dentro de tres meses? Te hubieras visto arrastrada por los agentes judiciales a los tribunales. No bajes la cabeza, no te humilles: has sido víctima del engaño de los sentimientos más hermosos y has coqueteado con la poesía y no con un hombre. Todas las mujeres, todas, ¿oyes, María?, hubieran sido también seducidas en tu lugar. ¿No seríamos absurdos nosotros los hombres, que hemos hecho mil tonterías en veinte años, si quisiésemos que no fueseis imprudentes ni una sola vez en la vida? Dios me guarde de triunfar sobre ti o de abrumarte con una compasión que rechazabas tan vivamente el otro día. Quizá ese desgraciado era sincero cuando te escribía, sincero al matarse, sincero al volver aquella misma noche a casa de Florina. Valemos menos que vosotras. No estoy hablando por mí en este momento, sino por ti. Yo soy indulgente; pero la sociedad no lo es y se aparta de la mujer que brilla, pues no quiere que se acumule a una dicha completa la consideración. No sabría decir si es o no justo. El mundo es cruel, eso es todo. Acaso es más envidioso en masa que individualmente. Sentado en el anfiteatro, un ladrón aplaude el triunfo de la inocencia, y al salir le robará sus joyas. La sociedad se niega a aliviar los males que engendra; confiere honores a los engaños hábiles y no tiene recompensas para los sacrificios ignorados. Yo sé y veo todo eso, pero no puedo reformar el mundo; aunque, al menos, está en mis manos poderte proteger contra ti misma. Se trata aquí de un hombre que no te aporta más que miserias, y no de uno de esos amores santos y sagrados que se imponen a veces a nuestra abnegación y que llevan en sí mismo la excusa. Quizá he cometido el error de no introducir una variación en tu dicha y de no oponer a los placeres tranquilos otros más violentos, viajes y distracciones. Puedo además explicarme el deseo que te ha impulsado hacia un hombre célebre, por la envidia que le has causado a ciertas mujeres. Lady Dudley, la señora de Espard, la señora de Manerville y mi cuñada Emilia han tenido alguna intervención en todo esto. Esas mujeres, contra las que yo te había puesto en guardia, habrán cultivado tu curiosidad más para causarme un pesar que para arrojarte a ti en las tormentas que, así lo espero, habrán rugido sobre tu cabeza sin alcanzarte.

Al escuchar estas palabras llenas de bondad, la condesa se vio dominada por mil sentimientos contrarios; pero este torbellino fue pronto dominado por una viva admiración hacia Félix. Las almas nobles y altivas reconocen pronto la delicadeza con que se las maneja. Este tacto es a los sentimientos lo que la gracia al cuerpo. María apreció aquella grandeza diligente en rebajarse a los pies de una mujer en falta para no verla avergonzarse. Huyó como una loca, pero volvió traída por el pensamiento de la inquietud que su impulso podría causarle a su marido.

—Esperad —le dijo desapareciendo.

Félix le había preparado su excusa con arte, y al punto se vio recompensado por su habilidad, pues su mujer volvió con todas las cartas de Nathan en la mano y se las entregó.

—Juzgadme —dijo poniéndose de rodillas.

—¿Se está, acaso, en estado de juzgar bien cuando se ama? —respondió él. Cogió las cartas y las arrojó al fuego, pues más tarde su mujer podía no perdonarle haberlas leído. María, con la cabeza sobre las rodillas del conde, se deshacía en llanto—. Hija mía, ¿dónde están las tuyas? —dijo levantándole la cabeza.

A esta pregunta, la condesa no sintió ya el calor intolerable que tenía en las mejillas, y tuvo frío.

—Para que no hagas a tu marido sospechoso de calumniar al hombre que has creído digno de ti, haré que Florina misma te devuelva tus cartas.

—¡Oh! ¿Por qué no iba él a devolvérmelas si yo se lo pido?

—¿Y si se negase?

La condesa bajó la cabeza.

—La sociedad me repugna —dijo ella—; no quiero volver a frecuentarla. Viviré sola a tu lado, si me perdonas.

—Podrías seguir aburriéndote. Por otra parte, ¿qué diría la gente si huyeses de ella bruscamente? En primavera viajaremos, iremos a Italia, recorreremos Europa en espera de que tengas más de un hijo que educar. No estamos dispensados de ir mañana al baile de la Ópera, pues no podemos conseguir tus cartas de otro modo, sin comprometernos; y, al traértelas Florina, ¿no demostrará bien, sólo con eso, su influencia?

—¿Y veré yo tal cosa? —dijo la condesa espantada.

—Pasado mañana, de madrugada.

Al día siguiente, hacia la medianoche, paseábase Nathan en el baile de la Ópera por el foyer, dándole el brazo a una máscara, con una actitud bastante marital. Después de dos o tres vueltas, dos mujeres con antifaces se acercaron a ellos.

—¡Pobre tonto! Estás perdido. María está aquí y te está viendo —dijo Vandenesse, que se había disfrazado de mujer, a Nathan.

—Si quieres escucharme, podrás saber unos secretos que Nathan te ha ocultado y que te harán conocer los peligros que corre tu amor por él —dijo la condesa a Florina temblando.

Nathan había dejado bruscamente el brazo de Florina para seguir al conde, que había desaparecido a sus miradas entre la muchedumbre. Florina fue a sentarse al lado de la condesa, la cual la arrastró consigo hasta un diván, al lado de Vandenesse, que había vuelto para proteger a su mujer.

—Explícate, querida —dijo Florina—, y no creas que me voy a dejar quitar lo que es mío. Nadie en el mundo podrá arrancarme a Raúl; ya tú ves: le tengo cogido por el hábito, que vale tanto como el amor.

—Ante todo, ¿eres Florina? —dijo Félix recobrando su voz natural.

—¡Vaya una pregunta! Si no lo sabes, ¿cómo quieres que yo te crea, farsante?

—¡Ve a preguntarle a Nathan, que está buscando ahora a la amante de que te he hablado, dónde pasó la noche hace tres días! Intentó asfixiarse, pequeña, sin tú saberlo, por no tener dinero. Ya ves qué enterada estás de los asuntos de un hombre al que dices querer, y le dejas sin dinero hasta el punto de que se suicida; o mejor dicho, no se suicida, ya que su intento se frustró. Un suicidio frustrado es tan ridículo como un duelo sin un arañazo.

—Mientes —dijo Florina—. Cenó en mi casa aquel día, pero después de ponerse el sol. Al pobre muchacho le perseguían y se ocultó. Eso es todo.

—Entonces ve a preguntar a la calle del Mail, en el hotel Du Mail, si no le llevó moribundo una bella mujer con la que está en relaciones desde hace un año. Además, las cartas de tu rival están escondidas en tu casa, bajo tus mismas narices. Si quieres darle a Nathan una buena lección, iremos los tres a tu casa y allí te probaré, con el documento en la mano, que si quieres ser buena con él puedes impedir que vaya a la calle de Clichy dentro de poco.

—Prueba a dársela a otra que no sea Florina, precioso. Estoy segura de que Nathan no puede enamorarse de nadie.

—Querrás hacerme creer que ha redoblado contigo sus atenciones desde hace algún tiempo, pero eso es precisamente lo que demuestra que está muy enamorado de otra…

—¿De una mujer de mundo, él?… —dijo Florina—. No me intranquilizo yo por tan poca cosa.

—¡Bueno! ¿Quieres verle venir a decirte que no te llevará a tu casa hoy?

—Si consigues que me diga eso —replicó Florina—, te llevaré a mi casa y buscaremos allí esas cartas, en las que creeré cuando las vea; ¡tendría que escribirlas mientras yo estoy durmiendo!

—Quédate ahí y observa —dijo Félix.

Cogió el brazo de su mujer y se colocó a dos pasos de Florina. Muy pronto, Nathan, que iba y venía por el foyer, buscando por todas partes a su tapada, como un perro que busca a su amo, volvió al lugar donde había recibido la confidencia. Leyendo en su frente una preocupación fácil de notar, Florina se plantó como un poste delante del escritor y le dijo imperiosamente:

—No quiero que me dejes y tengo razones para ello.

—¡María!… —dijo entonces, por consejo de su marido, la condesa al oído de Raúl—. ¿Qué mujer es ésa? Dejadla inmediatamente, salid e id a esperarme al pie de la escalera.

En tan horrible situación, Raúl dio un violento tirón del brazo de Florina, que no esperaba tal maniobra, y, aunque ella le retuvo con fuerza, se vio obligada a soltarle. Al punto, Nathan desapareció entre la muchedumbre.

—¿Qué te decía yo? —gritó Félix al oído de Florina, estupefacta, y ofreciéndole el brazo.

—Vamos —dijo ella— quienquiera que seas. Ven. ¿Tienes tu coche?

Por toda respuesta, Vandenesse llevóse consigo precipitadamente a Florina y corrió a reunirse con su mujer a un lugar convenido bajo el peristilo. En pocos instantes, las tres máscaras, llevadas rápidamente por el cochero de Vandenesse, llegaron a casa de la actriz, que se despojó del antifaz. La señora de Vandenesse no pudo reprimir un estremecimiento de sorpresa a la vista de Florina, que se ahogaba de rabia y que estaba soberbia de cólera y celos.

—Existe cierta cartera —le dijo Vandenesse— cuya llave no te ha confiado jamás, y las cartas deben de estar en ella.

—Lo que es esta vez estoy intrigada, porque sabes algo que me estaba inquietando desde hace varios días —dijo Florina, precipitándose al gabinete para coger allí la cartera.

Vandenesse vio palidecer a su mujer bajo el antifaz. La alcoba de Florina decía más acerca de la intimidad de la actriz y de Nathan de lo que una amante ideal hubiese querido saber. Los ojos de una mujer saben descubrir la verdad de ese género de cosas en un momento, y la condesa notó en la promiscuidad de los objetos personales una prueba de lo que le había dicho Vandenesse. Florina volvió con la cartera.

—¿Cómo la abrimos? —dijo ella.

La actriz mandó por el cuchillo grande de su cocinera; y cuando lo trajo su doncella, Florina lo blandió con ironía:

—¡Con esto se degüellan los palomos!

Esta frase, que hizo estremecerse a la condesa, le reveló, aun mejor de lo que su marido lo había hecho la víspera, la profundidad del abismo al que había estado a punto de caer.

—¡Qué tonta soy! —dijo Florina—. Es mejor hacerlo con su navaja de afeitar.

Fue a buscar la navaja con la que Nathan acababa de afeitarse y cortó con ella el fuelle de la cartera de cuero, que se abrió y dejó caer las cartas de María. Florina cogió una de ellas al azar.

—Sí, ¡son de una mujer de mundo! Me parece que no tienen ni una falta de ortografía.

Vandenesse cogió las cartas y se las dio a su mujer, que fue a comprobar sobre una mesa si estaban completas.

—¿Quieres cederlas a cambio de esto? —dijo Vandenesse tendiéndole a Florina la letra de cambio de cuarenta mil francos.

—¡Será imbécil! ¡Firmar documentos semejantes!… «Bueno en billetes de Banco por…» —dijo Florina leyendo la letra de cambio—. ¡Ah! ¡Ya te daré yo condesas! ¡Y yo que estaba mientras destrozándome el cuerpo y rompiéndome el alma, en provincias, para juntarle dinero! ¡Yo que hubiera cargado con la plepa de un agente de cambio para salvarle! Así son los hombres: cuando una se hace tiras por ellos, la pisotean. ¡Me las pagará!

La señora de Vandenesse había desaparecido con las cartas.

—¡Eh! Mascarita, déjame una sola para convencerle.

—Es imposible —dijo Vandenesse.

—¿Por qué?

—Esa máscara es tu ex rival.

—Anda, pero ya me podía haber dado las gracias —exclamó Florina.

—¿Y para qué te crees, entonces, que son los cuarenta mil francos? —dijo Vandenesse despidiéndose de ella.

Es raro en extremo que los jóvenes, impulsados a un suicidio, lo repitan cuando ya han pasado por sus dolores. Si el suicida no sale curado de la vida, se cura en cambio de la muerte voluntaria. Así, pues, Raúl no tuvo ya ganas de matarse cuando se encontró en una situación todavía más horrible de la que había querido salir, al ver su letra de cambio a favor de Schmuke en manos de Florina, que indudablemente la había recibido del conde de Vandenesse. Intentó ver de nuevo a la condesa para explicarle la naturaleza de su amor, que ardía en su corazón más vivamente que nunca. Pero la primera vez que se encontró la condesa con Raúl, en una reunión, le dirigió esa mirada fija y despreciativa que abre un abismo infranqueable entre una mujer y un hombre. Pese a su dominio de sí mismo, Nathan no se atrevió jamás, durante el resto del invierno, a hablar a la condesa ni a acercarse a ella.

Confióse, sin embargo, a Blondet, y quiso hablarle de Laura y de Beatriz, a propósito de la señora de Vandenesse, parafraseando el hermoso pasaje que se debe a la pluma de Teófilo Gautier, uno de los poetas más notables de esta época:

«Ideal, flor azul de corazón de oro, cuyas fibrosas raíces, mil veces más sutiles que las trenzas de seda de las hadas, penetran hasta el fondo de nuestra alma para beber allí su pura substancia. ¡Flor dulce y amarga, no se te puede arrancar sin que el corazón sangre, sin que tu tallo roto rezume rojas gotas! ¡Ah, flor maldita, cómo ha prendido en mi alma!».

—Chocheas, querido —le dijo Blondet—; te concedo que se trataba de una linda flor, pero no era ideal en absoluto; y, en lugar de cantar como un ciego ante el nicho vacío de una estatua, deberías estar pensando en lavarte las manos para hacer tu sumisión al Poder y colocarte. Eres un artista demasiado grande para poder ser político, y te has dejado engañar por quienes valían menos que tú. Si te engañan de nuevo, que sea en otra parte.

—María no me podrá impedir que la ame —dijo Nathan—. Haré de ella mi Beatriz.

—Querido, Beatriz era una niña de doce años a la que Dante no volvió a ver nunca; de lo contrario, ¿habría llegado a ser Beatriz? Para poder hacer de una mujer una divinidad no hemos de verla hoy con una manteleta, mañana con un vestido escotado y pasado mañana en el bulevar regateando unos juguetes para su hijo más pequeño. Cuando se tiene a Florina, que es, sucesivamente, duquesa de vaudeville, burguesa de drama, negra, marquesa, coronela, aldeana de Suiza y virgen del Sol en el Perú, que es su única manera de poder ser virgen, no sé cómo hay quien quiera aventuras con mujeres de mundo.

Du Tillet remató, en términos bursátiles, a Nathan, quien, encontrándose sin dinero, hubo de abandonar su participación en el periódico. El hombre célebre no obtuvo más que cinco votos en el colegio en que fue elegido el banquero.

Cuando, después de un largo y feliz viaje por Italia, volvió a París la condesa de Vandenesse, el invierno siguiente, Nathan había justificado todas las previsiones de Félix: siguiendo los consejos de Blondet, parlamentaba con el Poder. En cuanto a los asuntos personales del escritor, se encontraban en tal desorden, que un día vio la condesa María a su antiguo adorador en los Campos Elíseos, a pie, con el equipo más miserable y dándole el brazo a Florina. Un hombre indiferente es ya bastante feo a los ojos de una mujer, pero cuando ha dejado de amarle, le ve horrible, sobre todo si se parece a Nathan. La señora de Vandenesse tuvo un acceso de vergüenza al pensar que había estado interesada por Raúl. Si no se hubiese encontrado curada ya por completo de toda pasión extraconyugal, el contraste que ofrecía a la sazón el conde, comparado con aquel hombre, menos digno entonces del favor público, habría bastado para hacerle preferir su marido a un ángel.

****

Hoy, este ambicioso, tan rico en tinta como pobre de voluntad, ha acabado por capitular y por obtener una sinecura, como un hombre mediocre. Después de haber apoyado todas las tentativas desorganizadoras, vive ahora en paz, a la sombra de una hoja ministerial. Luce en su ojal la cruz de la Legión de Honor, tema fecundo de sus burlas. La paz a cualquier precio, a costa de la cual había hecho vivir a la redacción entera de un periódico revolucionario, se ha convertido en el objeto de sus artículos laudatorios. Hoy defiende, amparándose en la razón, la herencia, tan atacada otrora por medio de sus frases saintsimonianas; conducta ilógica que tiene su origen y su disculpa en el cambio de frente de ciertas gentes que, durante nuestras últimas evoluciones políticas, han obrado como Raúl.

En Les Jardies, diciembre de 1838.